安達 瑶

悪徳探偵《ブラック》

忖度したいの

実業之日本社

目次

悪徳《ブラック》探偵　忖度《そんたく》したいの

第一話　与話情憎悪絡繰《よわなさけへいとのからくり》

「え〜っ？　こんなとこで暮らすの？　ぜえぇったい、ありえないし〜」

深夜、北関東のはずれのとある町に辿《たど》り着いた途端、あや子《こ》さんの不満が爆発した。

「すまん、あや子。けどしゃあないねん」

普段強面《こわもて》の社長・黒田十三《くろだじゅうぞう》が、気味悪いほど優しい声で愛人のあや子さんを宥《なだ》めている。ぶ厚い胸板に太い腕、金のチェーンが食い込みそうな猪首《いくび》に鋭い眼光はどう見てもヤクザなのだが、この黒田がおれのボスなのだ。

そう、我々「ブラックフィールド探偵社」の全スタッフは（といっても四名だが）おれ、飯倉良一《いいくらりょういち》の運転する廃車寸前のワゴン車で、ここまで落ちのびてきたのだ。夜逃げだ。

ショッキングピンクの巨大キャリーケースをワゴン車から運び出したあや子さん

は、いつもと同じシースルーのブラウスから巨乳を覗《のぞ》かせているが、ピンヒールを田舎道《いなかみち》の路面に引っかけて足を挫《くじ》きそうになった。

「やだ！　またヒールが引っかかった。靴ダメになっちゃうじゃん。アスファルト盛り上がってヒビまで入ってるよ！　地割れしてる」

「しゃあないわ。この夏は暑かったさかいな」

夜目にもぴかぴかのキャリーケースを、黒田社長が受け取って運んでやっている。

「割れたアスファルトがそのままとか、役場は仕事してんの？」

「仕方ないです。この町は地方交付税交付団体のなかで、交付額が全国最下位の自治体ですから、道路の補修に回す財源が不足しているのです」

文句が止まらないあや子さんに冷静にコメントするのは、黒髪ストレート黒縁メガネにパンツスーツ姿の、我が社の至宝・上原《うえはら》じゅん子《こ》さんだ。彼女がブラックフィールド探偵社の実務一切を仕切ってくれている。

じゅん子さんが手にしている黒いキャリーケースは、あや子さんのショッキングピンクの巨大ケースより二回り、いや三回りは小さい。同じ女性でもこんなに違うものかと思ったおれと、社長も同じことを考えたらしい。

「それにしても大きな荷物やな。あや子。いったい何が入っとるんや」

「それはいろいろだよ。女はね、美しさを保つために必要なものがいっぱいあるの。これにまとめるのだって大変だったんだからね！」

「しゃあないわ。ワシらの事務所を襲撃してきた連中……あれはタダもんやない。しばらく身を隠す必要がある」

……それは、ほんの数時間前のことだった。

窓ガラスが割れたと思ったら、事務所を大音響と目も眩《くら》むような閃光《せんこう》が襲ったのだ。

社長の知り合いのレストランに住み込みでタダ働きをさせられていたおれは、たまたま事務所に顔を出していて巻き込まれた。

動転し、咄嗟《とっさ》に飛び出そうとしたおれの腕を摑《つか》んだのはじゅん子さんだった。

「外に出てはダメ。これは私たちをおびき出すための、特殊閃光弾による攻撃よ！」

夜だけに、特殊閃光弾とやらの凄《すさ》まじい光は周辺一帯を白昼と化し、爆発の大音響も、事務所のある界隈《かいわい》に轟《とどろ》きわたったはずだ。

おれを引き摺《ず》ったじゅん子さんが開けたのは備えつけの巨大耐火金庫の扉だった。ダイアルには手も触れず、把手《とって》を引いただけで開いてしまったことにおれは驚愕《きょうがく》した。金庫がこんなに簡単に開いていいのか。

「パニックルームよ。こんなこともあろうか、と思ってね」

何故《なぜ》こんなモノがあるのか？　何故今までおれには秘密だったのか？　頭から疑問符を噴き出させつつおれが転げ込むと、黒田社長も飛び込んできた。腕を負傷している。

「敵襲や。現在、正体不明の何者かに我が社が攻撃を受けとるのは火を見るより明らかや。ここは身の安全を第一に考えて、直ちに総員退避せなあかん！」

大型の耐火金庫でも人が三人入ると狭いし暑い。事務所が火事になったら蒸し焼きになってしまう。

窓ガラスが割れる音がする。びしびしびしという音は銃撃されて床や壁に着弾する音か？

「こらあかん。逃げるデ！」

パニックルーム備えつけのガスマスクと防弾チョッキを着用したおれたちは銃撃が途絶えた一瞬の隙に、非常階段から脱出した。

秋葉原《あきはばら》の、この古いビルの裏の路地は迷路のようになっているが、黒田は勝手知ったるとばかりに迷うことなく走り、じゅん子さんも筋肉質の脚で追走する。おれはついて行くのがやっとだ。

辿り着いたのは、路地の奥の、猫の額のような空き地だった。あちこちでコンクリートにヒビが入り、その隙間から雑草が伸び放題に伸びている。そこに一台のボロボロのワゴン車が放置されていた。窓ガラスにはヒビが入り、ボディには錆《さび》が浮き、『楊大人酒家《ヤンたいじん》』のロゴがかろうじて読める。

「こういうこともあろうかと、ヤン大人が処分する言うたコレをもらい受けとったんや」

ヤン大人とは、黒田の知り合いの中華料理店のオヤジだ。

「まさか……この廃車を運転しろと？」

「誰がお前にせえ言うた？　運転はじゅん子や。ここから脱け出すのは飯倉には無理や」

黒田の言うとおりだ。こんな、人が迷い込んでも出られないような空き地に、緊急脱出用ポッドみたいな廃車（そもそも、動くようには見えない）を隠しておくとは……やっぱりこのブラックフィールド探偵社は、相当危ない橋を渡っているのだろう。

ハンドルを握ったじゅん子さんは、卓越したドライビングテクニックを存分に披露した。ビルの谷間をすり抜け、狭い路地を縦横無尽に走り抜け、あっという間に表通りに出た。

「颯跋町《さつばっちょう》に向こうてくれ。あっちに隠れ家を用意してある」

「こういうこともあろうかと？」

「せや」

呆《あき》れるおれに、黒田は真顔で答えた。

「念のためやが、下道《したみち》を行ったほうがエエで」

「判《わか》っています。Ｎシステムのあるルートはなるべく回避しています」

じゅん子さんはキビキビと答えた。

うなずいた黒田は携帯電話を取り出した。

「ああ……あや子か。ワシや。エエか、大事な話や。よう聞いてんか。今すぐ、身の回りのものをまとめるんや。十分後に迎えに行くよって、前に打ち合わせた場所で待っとれ。夜逃げ？　まあそうやな」

どうやら恐れていた事態になったようや、などと黒田は言っている。

なんだそれは？　事情が判っていないのはおれだけなのか？

「あっちに向かう前に、雷門《かみなりもん》に寄ってんか」

浅草《あさくさ》の？　観光名所の？　この車で？　目立つだろ？

おれはなおも頭から疑問符を噴き出していたが、雷門の巨大赤提灯《ちょうちん》の下には、巨大なキャリーケースを脇に置いたあや子さんがいた。どう見ても観光客にしか見えない。

「木を隠すなら森の中と言うやろ？」

黒田は得意げに言ったが、この場合、適切な喩《たと》えではないと思う。

「あとは颯跋町まで一直線や。下道を、捕まらん程度に急いで走れ」

おれはじゅん子さんから運転交代を命じられた。夜とはいえ、日光《にっこう》街道は混んでいる。

「どこにも事件の報道はありませんね。近くの雑居ビルで爆発が、とツイッターに書き込んでいる人がほんの数人……あっ、それも削除されてしまったみたい」

スマートフォンでニュースなどをチェックしていたじゅん子さんが言った。

「ワシも知り合いに探りを入れてみるワ」

黒田はガラケーを取り出した。

「氏政《うじまさ》はんか。仕事中悪いな。ちょっと聞きたいんやが、今晩、言うてもついさっきや、秋葉原あたりの雑居ビルで爆発があった、ちゅう通報は桜田門《さくらだもん》に入ってへんか？　え？　そういう話はまるで無い？　そうでっか。いや、なんでもないですワ。

すんまへん」

ガラケーをぱちんと折り畳んだ黒田は、「これは……ヤバいで」と言い、険しい顔になった。

「あれだけの襲撃が『なかったこと』にされとる。何か大きな力が働いとるのは間違いない。非常に危険な匂いを感じるデ。これは東京には当分戻れん、そう覚悟したほうがエエ」

……ということで、ブラックフィールド探偵社の総員四名がこの北関東の小さな町に逃げてきたのだが、襲撃の現場に居合わせなかったあや子さんだけは、全然納得していない。

黒田が確保してあるという隠れ家は、おれがタダ働きさせられているレストランのオーナーの実家で、「のどかな田舎にある、趣きの深い古民家」という触れ込みだった。

しかし、その物件の前に立ったあや子さんは、顔中を口にして不満を爆発させた。

「のどかな田舎の古民家って言ったじゃん？　ここが？　古民家？　ただのボロ屋じゃん？　って言うより、ハッキリ言って廃屋だよ？　どうすんのよ。こんなとこに住めないよ！」

おれたちの目の前にあるのは、たしかに廃屋以外の何ものにも見えない。夜の暗さの中でさえ今にも崩れ落ちそうだ。放置されて久しい木造二階建て。正面の引き戸の上には『長寿庵《ちょうじゅあん》』という厚い木の板の額がかかっている。元は蕎麦《そば》屋だったらしい。

「鍵はこれや。飯倉、開けんかい」

ちゃちでちっぽけな金属の鍵を渡された。

木の格子の入った硝子《ガラス》扉の鍵は錆びついていて、開けるのに数分はかかった。ギシギシと音を立てて、ようやく開いた引き戸の向こうは真っ暗だ。

「うわ何、この臭い。カビとか埃《ほこり》がヤバそう」

あや子さんが盛大に顔をしかめ、ぱっぱと目の前を払う仕草をする。

「ブレーカーを探しましょう。ライフラインは生きてるって言いましたよね？」

万事手際のいいじゅん子さんが懐中電灯をつけると、家の中が煌々《こうこう》と照らし出された。何でもミリタリー仕様の、強力なサーチライトらしい。

自称古民家・実質ほぼ廃屋の内部は……たしかに蕎麦屋のレイアウトだった。埃だらけの土間に木のテーブルと椅子がいくつか並び、カウンターの向こうには厨房《ちゅうぼう》がある。カウンターの上の砂壁には、くすんだ木の札が掛けられ、「天麩羅《てんぷら》蕎麦」

「おかめ蕎麦」「鰊蕎麦《にしん》」などの墨書きの文字が見える。

恐る恐る室内を見渡していると、突然、ゴンという大音響が響いたので、おれは恐怖で飛び上がった。

「何これ？　キャリーケースに傷がついたじゃん？　邪魔じゃん？　なぜこんなモノが真ん中にあるのよ！」

毒づくあや子さんを、じゅん子さんの強力サーチライトが照らし出すと、そこには、銀色に輝く巨大なマシーンが聳《そび》え立っていた。

人の背丈以上の高さがあり、てっぺんには巨大なカップ状の機器が取り付けられている。パイプが走りいくつものレバーのついた、さながらコンビナートのミニ版ともいえるような代物だ。

「鉄人28号の作りかけか？」

「いえこれは、コーヒーの焙煎機《ばいせん》ですね。これを店内に置くカフェが、現在の流行の最先端です」

何でも知っているじゅん子さんが解説する。

「ここは蕎麦屋と違うんかい？　カフェ・ド・長寿庵か？　このスペースでテーブル席が二つ、いや三つ分は食われとるやないか。経営しとったやつはアホとちゃうんか」

「ここのオーナーの妹さんが、ここでカフェを開くつもりだったと言いましたよね。焙煎機はその名残《なご》りだと思いますけど」

そういえば、おれが働いていたレストランのオーナーが愚痴っていた。

『妹はOLをしていて、あんな田舎町に戻る気もなさそうなんでね。いや、一度実家の蕎麦屋をカフェに改装しようとしたことがあるんだが、途中で投げ出して』

投げ出したのは根性がないのではなく逆にありすぎて、完璧をめざすあまり挫折したらしいが、たしかに古びた蕎麦屋の土間に、で〜んと鎮座する焙煎機は異様だ。

「たかがコーヒー一杯になんでこんな大袈裟《おおげさ》なもんが要るんや？　お湯沸かしてネスカフェいれたら終わりやで」

「黒ちゃんはこれだから。コーヒーは遊びじゃないんだよ？　こだわりのカフェを開こうとした人の気持ち、あたしは判る」

意外にも、あや子さんがオーナーの妹を擁護した。あや子さん自身、「何にでも一生懸命」なチャレンジャーなのだが、食べ物・飲み物の味が判る人ではない、否、むしろ致命的な味音痴なのだが……。

「電気ガス水道は復旧の手続きを取ったってアイツが言うとったわ。ああ、ブレーカーはここや」

黒田が厨房の奥に移動し、ブレーカーを上げると、侘《わび》しい蛍光灯が瞬き、寒々しい光が広がった。潰れた店の全容が判って、おれはさらに気力が萎えた。

「二階はどないなっとるんや？　ここよりはマシか？　いや、期待できそうもないな」

たしかに、カウンターの横にはシミだらけの暖簾《のれん》が下がり、その後ろには黒ずんだまるで梯子《はしご》のように急な階段が見える。およそ登ってみようという気分にはなれない。

店の奥には、畳敷きの小上がりがあった。

「今夜はあそこで寝る。片付けんかい飯倉！」

突然の襲撃と脱出、そのまま慌ただしく逃避行に移り、数時間というものぶっ続けで運転してきたおれは口もきけないほど疲れていたが、黒田に逆らうことはできない。

仕方なく小上がりに置きっ放しになっている四つの座卓を運んで積み重ねていると、

「座布団はタオルを巻けば枕になるかもね」

……そう言いながらあや子さんが巨大キャリーケースを開けた。

「中身は何や？　押し売りでも開業するんか？」

「古民家って聞いたから、こういうモノを」

巨大キャリーケースからは電動のこぎりや電動ドライバー、グルーガンなど、最先端の大工道具がどんどん出てきた。これはメリー・ポピンズの魔法のバッグか？

「今度はＤＩＹをやってみようと思ってたんだ。人生は何でもチャレンジだよ。お料理は今はちょっとお休みしてるけど、結構、好評だったじゃん？」

あや子さんのその言葉を聞いて、おれたちは戦慄した。「好評だった」と思っているのはあや子さんだけなのに。

とりあえずぐっすり眠らないとね、などと言いつつ、あや子さんはキャリーケースから取り出した薄いシート状のものを広げた。シートの表面には、食器洗いスポンジのような凹凸《おうとつ》が一面についている。

「これを敷くと敷かないとじゃ全然違うんですって。野宿マニア推奨のシートなんだよ」

そう言いながらバスタオルを丸めて枕に、白いフェイクファーのコートを掛け布団代わりにして、あや子さんはシートの上に横になった。

「もう限界。お先に失礼するね」

たちまち寝息が聞こえてきた。さんざん文句を言ったワリには環境への適応力が高い。

さほどショックを受けている様子もなく、じゅん子さんも横になった。

「私は以前の勤務先でサバイバル訓練を受けたことがあります。屋根があるだけでもここは恵まれてますよ」

「以前の勤務先」では、山に分け入りヘビを捕らえて食べたこともあると言っていた。社員食堂はなかったらしい。しかし、「以前の勤務先」って一体どこなんだ？

黒田もごろりと小上がりに寝転ぶと、すぐに鼾《いびき》の音を立て始めて……気がつけばおれの寝るスペースがどこにもなくなっていた。

疲労困憊《こんぱい》のあまり口も利けなくなっているおれは、仕方なく蕎麦屋の固いイスに座り、蕎麦屋のテーブルに突っ伏してなんとか眠ろうと試みた。テーブルの表面には出汁《だし》つゆの匂いが染みこんでいるような気がするが、疲労は最高の睡眠薬で、すぐに意識を失った。


翌朝。

「ええっ？　やっぱり当分戻れない？　困るよそんなの。それなら、持ってきたかったものが、まだほかにも一杯あるのに」

あや子さんの文句を言う声で目が覚めた。

見れば、土間には山ほどの雑物（おれから見ればガラクタ）が並んでいる。その中央にいるあや子さんは、「あとステッパーに腹筋マシーンに水素発生装置に、コスモポリタンとヴォーグのバックナンバー三年分に……」と指を折って数えている。これだけ荷物が多いのに、まだ足りないらしい。

「古い雑誌はどうでもエエやないか。美容マシーンがのうても、ここは空気も水もキレイな田舎や。野山を駆け回ればキレイになるで」

「野山って、あぜ道しかないじゃん」

あや子さんが窓から外を見て口を尖《とが》らせる。

夜が明けると、この家の周りの様子が判ってきた。

のどかな田舎というと、緑濃き田園風景を誰もが思い浮かべるだろうが、ここにあるのは雑草生い茂る休耕田に倉庫と工場。潰れたドライブインにパチンコ屋にコンビニ。実に殺伐としている。空っ風もキツい。タンブルウィードが転がり、バッファローの骸骨が野ざらしになっていてもおかしくない雰囲気だ。

「こんなところまで逃げてくるなんて、黒ちゃん、ちょっと大袈裟だよ」

「ンなことないデ。危険を察知したら後をも見ずにとにかく逃げる。それが生き残りの要諦や。黒田式絶対サバイバルの極意や」

そう言う社長の真剣な表情を見る限り、充分、身に覚えがありそうだ。

「けど、うちらがそこまで恨まれる、その理由は何なの?」

あや子さんが問いただす。

「さあな。大方、どこかで触ったらアカン連中の地雷を踏んだんやろ」

「どこかって何処《どこ》?　アカン連中って誰?」

我々四人で敵の正体について考えてみたが、心当たりがありすぎて絞りきれない。

「あたしが潜入してぶっ潰した、ブラック企業の経営者かなあ?」

「いえ、クライアントの会社が倒産しても自分が有名になって儲《もう》かればいい、とドヤっていたブラック士業の先生かも知れません」

たしかに、その先生の暴言を隠し撮りしたのはじゅん子さんで、その動画をわざとクライアントに見せたのは黒田社長だ。

だがおれはまったく悪くない。ブラックフィールド探偵社が依頼を受けるたびに矢面に立たされ、ある時は川に突き落とされ、またある時は突き飛ばされて階段落ちを食らったりと、ほぼ一〇〇%サンドバッグにされる役回りがおれだったのだ。それで逆怨《さかうら》みされるのでは、まったくワリに合わない。

「まあ、考えてもしゃあないわ。心当たりが多すぎて誰や判れへン。いずれほとぼりも冷めるやろ。それまで田舎で潜伏や。ナチスの高官も南米まで逃げたんやで。スローライフを満喫しようやないか」

ここで背中を思いっきり叩《たた》かれた。

「この飯倉大先生の大活躍で、わが探偵事務所にはかなりの内部留保が出来とることやし」

そんな話は初めて聞いた。そんな余剰金があるならおれに給料を出して欲しかった。なんと、数か月は仕事を受けなくても大丈夫だという。

「何か月もホテルに滞在するような余裕は無いけどな。命を繋《つな》ぐのに不自由はないちゅうこっちゃ。ここを貸してもらえてよかったワ」

差しあたり、ここを快適な生活の場所にビフォーアフターしようではありませんか、と黒田は某最高責任者の口調を真似《まね》た。

目についた扉を開けると地下への階段が発見された。ちょっと下りてみると、そこは謎の空洞だった。

「ここは新しい卸売市場か？」

乾燥ポルチーニ、ドライトマトそのほかの食材が大量に貯蔵されているが、惜しいかな、全部賞味期限切れだ。

一階の奥には風呂があるが、屋根が落ち、壁に穴が開いていて、とてもじゃないが使える状態ではない。

二階に上がってみようとしたが、急な階段は板が腐っている。現におれが踏み抜いて、太い釘《くぎ》が足の甲を貫くところだったのだ。

「これじゃ二階には上がれないっスよ？」

と言いつつ物入れや引き戸を開けるうちに、梯子のような隠し階段が見つかった。

「なんやここは？　忍者屋敷か？　建てたんは真田昌幸《さなだまさゆき》か？」

黒田がそう言った瞬間、隠し階段の裏からいきなり白と黒の物体が飛び出した。

「ハクビシンよっ！」

じゅん子さんの声に、二階を不法占拠していたらしい害獣は逃げ去った。

その二階も、多くの得体の知れないマシーンの置き場と化している。

「なんすかこれ？　処分するにもお金かかるっすよね？」

おれが言うと、じゅん子さんが「捨てるのはもったいない」と言いだした。

「すべて高価な、業務用の調理器具です」

パスタマシーンに燻製《くんせい》マシーン。おれたちが総力を挙げて潰したブラック企業、「権田《ごんだ》商会」の天然水サーバーまであるではないか。

結局、二階はマシーンの隙間をあや子さんとじゅん子さんが使い、一階の小上がりは黒田が占拠してしまったので、おれにはコンクリートの土間しか残っていない。

ここで寝袋で寝るのなら、住み込みでタダ働きさせられていたレストランの仮眠室がまだマシだが、東京に戻れないのなら仕方がない。

「とにかく、ここで暮らすんなら、お風呂に入れないなんてありえない！」

あや子さんが強硬に主張するので、みんなでホームセンターに行って必要なものを調達し、この家を修繕しようということになった。

「ワシら三人は買い物や。ついでにファミレスでメシ食ってくる」

「え？　じゃあおれはどうなるんですか？」

「お前は、ワシらが帰るまでに台所だけでも使えるように片付けとくんや！」

おれはシンデレラか、と泣きながら三人を見送るしかなかった。

台所を片付け、かまどならぬレンジを掃除していると、何やら外が騒がしくなった。

黒塗りの街宣車がやってきたと思ったら、それは選挙カーだった。

そういえば昨夜ここに来る途中、ヘッドライトに照らされた民家の塀や壁のあちこちに町長選挙のポスターが貼ってあったのだ。

今から町長選の街頭演説が始まるのだろうか。駅前でもなく住宅街でもない、こんな、田んぼの真ん中の、だだっ広い場所で？

首を傾《かし》げていると演説が始まった。しかしその内容は、おれの想像を絶するものだった。

「外国人は出て行け！」

「この颯跋町から、いや日本から出て行け！」

「日本人が払った税金で、無償の高校教育を受けている外国人は、親のところに帰れ！」

玄関先に出て見たところ、やっぱり雑草の向こうには倉庫と工場、潰れた店しかない。こんなところでボルテージの高い演説をやって、カエルとか虫に訴えるのか？

周囲をよく見ると……選挙カーのターゲットは、どうやらここから少し離れたところに建っている民家のようだ。

スピーカーからは凄《すご》い音量で「出て行け！」「帰れ！」と怒鳴りあげる罵声が轟《とどろ》いている。

「反日ニセ日本人は出ていけ！」

「お前に日本人の税金を使う権利はない！」

これが、あの、ヘイトスピーチというものか。こういうことをやる集団の存在は知っていたが、自分の耳で聞くのはこれが初めてだ。

おれの驚愕をよそにスピーカーの音量はどんどん大きくなり、演説、いや罵倒の言葉もますます過激になっていった。

「聞こえないのか、セレッサドミンゲス桜子《さくらこ》！　反日寄生虫はお前だ！」

「聞いてるのなら表に出て来い！」

「出てきて、正しい日本人であるおれたちに土下座しろ！　土下座して謝れ！」

これでは演説とは言えない。明らかに罵倒だ。その合間に、合いの手のように
「そうだそうだ！」「出て来い！」「どーげーざっ！　どーげーざっ！」などの激しいシュプレヒコールが交錯する。

何のことだかまるで判らないが、おれは、こういう攻撃的で尖った絶叫を聞きた

くない。暴力的な言動は黒田社長だけで充分すぎて、お釣りが来るレベルなのだ。

おれは通りに出て、隣家に近づいてみた。

ターゲットである平凡な民家の前に、黒塗りの街宣車、いや選挙カーが駐《と》まり、その周りを何人もの運動員（らしいヒトビト）が取り巻いている。いや、運動員というには数が多すぎる。その全員が日章旗を手にして、激しく振っているのだ。

ターゲットの一軒家から少し離れたところにはこの町の住人らしい普段着の人たちが何人か、遠巻きにするように立っている。全員が一様に曖昧な薄笑いを浮かべ、ひどい暴言に眉をひそめるでもなく、黙って見ている。

なんだこれは？　この状況はいったいどういうことだ？　この町は日本なのか？　日本の選挙もついに暴言上等！　のアメリカの大統領選並みになったのか？

状況がまるで摑めなくて、おれは呆然《ぼうぜん》とした。なんせスピーカーから聞こえる暴言が激しすぎて、なおかつ大音量すぎて尋常な判断ができない。これはもはや暴力だ。

こんなことが白昼堂々行われていいのか、と言葉を失っていると、腕に腕章を巻いた女性が近づいてきた。運動員らしい。

おれが後ずさりしかけると、「応援ありがとうございます！」と一方的に礼を言われてビラを押しつけられた。毒々しい赤と黒のロゴが躍るそのビラを、おれは読んでみた。

そのビラは、一人の少女への憎しみで埋め尽くされていた。高校の制服を着た少女が札ビラを手に、歯を剝《む》き出してイヤらしく笑っているイラストにキャプションがついている。

『タダで学校に通いたい。この豊かな国で。
遊んで暮らしたい。勉強するフリをして。
そうだ！　日本人になろう！』

「え〜そうなのかぁ？」

読んだおれは思わず呟《つぶや》いてしまった。

日本ってそんなに天国みたいな国なんだろうか？　いや、豊かではあるにしても、おれには無関係な話だ。黒田にコキ使われ、働けど働けどじっと手を見る状態のおれには、とてもそうは思えない。

イラストに描かれた邪悪な女子高校生のうしろには同じくデフォルメされた大人

たちの絵があり、「プロ市民」「サヨク」「人権派」などと書かれたタスキを着用している。

なんだか見るだけで不快になるイラストだ。

このアジビラを手にして固まっているおれに、女性の運動員が話しかけてきた。

「ひどいと思うでしょ？　この女の子っていうか、この反日メスガキ」

「は？」

おれは言葉の意味が一瞬、判らなかった。

見たところは狂信的でもなんでもない、ごく普通の若い女性だ。なのに、その口からこんな言葉が出るなんて。

「このメスガキの両親は不法入国で、日本でガキをつくって、それをタテに居座ろうとしたけど強制送還されたんですよ。ざまあミロって思うでしょ？」

咄嗟には返事ができない。

「じゃあ、あの家には……」

ひどいスピーチの集中砲火を受けている一軒家は、ウチの蕎麦屋に負けず劣らずの年代モノのボロ屋だ。

「そうですよ。不法滞在のメスガキが一人で意地張って住んでるんです。親と一緒にピリピニアに帰ればいいのに、図々しく居座って」

　まさか、この連中が攻撃のターゲットにしているのは、日本のはるか南にあるピリピニアの国籍しか持っていない、まだ高校生の少女、ということなのか？

「でも、あの、その子が日本で生まれて育って日本の高校に通ってるってことは……日本語喋《しゃべ》るんすよね？　ほとんど日本人っつっても良いんじゃないっすか？」

「何を言ってるんですか！　アナタは！」

　女性の運動員は突然ヒステリックな口調になった。笑顔が一転して、何か悪霊が取り憑《つ》いたような、憎しみに満ちた表情になった。

「日本語を喋ろうが日本で生まれようが、外国人は外国人です。私たちの日本の税金を食いつぶす権利なんかないでしょッ！」

「けど……お言葉を返すようで申し訳ないっすけど」

　我ながら弱腰なのがいやになるけれど、おれは反論せずにはいられなかった。

「その子は日本で生まれ育って日本語しか喋れなくて、だったら、高校出て就職したら税金を納めるようになるんじゃないんですか？」

「あり得ませんッ！」

　細身で茶髪、憑かれたような目つきになったその女が絶叫したので、おれはびびった。

「そんな不逞《ふてい》外国人、就職も納税もするわけがないでしょう？　日本の高校教育無償化を食い物にしたあとは自堕落な生活をして奔放な性生活の末に絶対シングルマザーになって、今度は生活保護を食い潰そうとするに決まってますッ！　あなたバカなの？　こんな基礎的なことも判らないなんて！」

　見ず知らずのおねえさんになぜおれがここまで糾弾されるのだろう？

「バカとか言われても……」

「バカではなく、アカと言ったんです！　まあアカもバカも似たようなものだけど」

　アカとか言うけど、そもそも社長である黒田がブラック経営者なので、おれは選挙にすら行けないのだ。日曜だから、選挙だからと言って休みをくれるような黒田ではない。

『選挙？　何言うとるねん。お前ごときが投票したところで世の中なんも変わらんわい！』

　一喝しておれの背中をどやす黒田の声が、ありありと聞こえる。

「お……おねえさんはもしかして……」

「私、トイザク会の会員なの」

トイザク会……それはおれも聞いたことがある。ネットワークビジネスから民族主義的な商売（っていったい何だ？）に転向して成功した政治団体だ。元の名称はたしか……「十一《トイチ》の金利でザクザク儲ける会」だったかな？

「とにかく私たちは日本を食い物にする悪い外国人一家を日本から追い出すために、あらゆることをやってきたの。あの子が通ってた中学校にもデモをかけたしね」

「それはもしかして……こういう、えーと、その、演説みたいなことをまさか中学校で」

「もちろん。校門の外で拡声器を使って、思いっきり訴えてやったわよ。だって日本の義務教育なのに外国人にお金を使うなんて、趣旨がまるで違うでしょ！」

ある日突然、見知らぬ大人たちから出て行けと言われた女の子。拡声器で罵声を浴びせられ、中学校の教室で身を縮め、大音量の暴言を黙って聞いているしかなかった女の子……。会った事もないけれど、その女の子の姿が頭に浮かんでおれは居たたまれなくなった。

「なに？　あなたその顔は？」

泣きそうな顔にでもなっていたのかもしれない。特殊な思想を持った女は、ここぞとばかりおれに突っ込んできた。

「そりゃあ中学にまでデモをかけるのは極端だって言う人たちはいたし私たちもずいぶん非難された。けどね、あの子の両親を強制送還したのは法務省が決めたことなの。だったらあの子も一緒に帰国すべきでしょう？　なのに日本語しか判らないから日本で高校を卒業したいとか、ピリピニアに帰っても暮らせないとか、そんなズルい理屈を捏《こ》ねて日本に残ろうとしたんだから、そのくらいされても当然でしょうが。あなた、そう思わない？」

日本語しか判らないのはその子の勝手だ、私たち日本人の知ったことではないと、トイザク会のおねえさんは言い切った。

「でも両親とも働いてて忙しかったのなら、子供に自分の国の言葉を教える余裕は……」

なかったのでは、と言いかけたところで、拡声器の音量が一段と上がり、さらなる罵声が聞こえてきた。

真っ黒な街宣車、ではなくて「選挙カー」の上で演説しているのは小太りの、メガネをかけた長髪の男だ。昨夜あちこちにベタベタ貼ってあるのを見かけた、町長選挙の、選挙ポスターの顔写真の主だ。

ポスターの写真では、色白でいかにも温厚そうで、理性と常識に溢《あふ》れる人間に見えたが、実物はまるで違う。リアルな町長候補・和久井丙太郎《わくいへいたろう》は、色黒で目つきが悪く、口許《くちもと》が歪《ゆが》んでいる。なによりも根性の悪さがマイナスのオーラとなって、全身から立ちのぼっている。

「ここ、この家ですよ！」

颯跋町長選の候補者・和久井丙太郎は、目の前のボロ屋を指さして絶叫した。

「誰も言わないから俺が言う。ここがピリピニア雌、あの反日メスガキの巣なんだよ！　こんなガキを放置しててていいのかよ！」

「よく言った！」

「へいとりんカッケー！」

支持者が拍手喝采する。「へいとりん」というのは和久井丙太郎の愛称らしい。

なんだこれは。一体おれは何を見ているんだ？　おれは今、本当に日本にいるのだろうか？

呆然とするおれをそっちのけで、丙太郎候補の（アジ）演説は続いた。

「このピリピニア雌が日本に寄生して暮らさなければ、今日にも明日にも死んでしまう？　だったら遠慮なく死になさい。遠慮なく日本から出て行って死ねと言っているんですよ」

「そうだそうだ！」「ピリピニア雌は日本から出て行け！」「帰れ！」「死ね死ね死ね！」

揃《そろ》いの赤と白のポロシャツを着て日章旗を振る支持者たちが口々に賛同している。

「死ねって……」

驚きのあまり、おれの思考は口からダダ漏れになっていたらしい。

「そんな……炎上狙いウケ狙い、アフィ目当ての外道《げどう》ブロガーじゃあるまいし……」

その時、おれは肩を強く摑まれた。

「何よアンタ、代表の……和久井候補の演説になにか文句があるワケ？」

美人で細身の、取り憑かれたような目の運動員のおねえさんが、おれの目を覗き込んでいた。

「な、何でもないっす」

へどもどしてしまう自分が情けない。

気の強い姉に虐げられてきたトラウマで、おれはこういう、美人でキツいタイプには反射的に怯《おび》えてしまうのだ。

だが。おれは決死の勇気をふりしぼった。

「けど……なにもあんな……ひどい言葉で言わなくてもいいじゃないっすか？」

「何？　あなたやっぱりバカなんだ。あのね、間違ったことをしている外国人がいるの。そういう耳を塞いでる人たちには、こっちも強い言葉で言わなきゃ伝わらないでしょ！」

そうなのか？　本当に？

返す言葉が見つからないでいるうちにも、支持者たちの絶叫はさらに大きくなってゆく。

「死ねぇ！」「ピリピニア雌をぶっ殺せ！」「外国人の巣は焼き払えぇ！」

口々にそう言いながら、日章旗を振るだけでは飽き足りないのか、右手を斜め四五度に上げる敬礼を繰り返し始めた。なんだこのポーズは。あの有名なちょび髭《ひげ》のドイツ人を思い出すではないか。

しかしあのボロ屋の中に一人でいるらしい女の子は、こんなに憎しみをぶつけられて、どんなにか怖い思いをしていることだろう。それを思うと可哀想《かわいそう》で堪《たま》らない。

気がついたらおれは、選挙カーのほうに一歩を踏み出していた。選挙カーの周囲には、警察官らしき制服姿の人たちも臨場しているのに気がついたからだ。

警官がいるのなら、まさかボコボコにされることはないだろう。

おれは、運動員の中の、これも痩《や》せて細身で、取り憑かれたような目をした男に近づいた。外国人が嫌いな連中はみんな痩せているという法則でもあるのだろうか？　候補者は小太りなのだが……。

「ちょ……死ねはひどいっすよ。家の中の女の子、可哀想じゃないっすか」

その男は鼻先でおれを嗤《わら》うと、あっち行けシッシッという風に手を払った。

「なんすか、その態度、失礼でしょ！」

詰め寄ろうとしたおれの前に、すかさず別の運動員が立ち塞がった。

「はい選挙妨害！」

人気テレビ番組の「はい論破」と同じ口調で勝ち誇ると、いきなりおれに殴りかかってきた。しかしそれはあくまで「振り」だけだ。本当にやったら暴行罪か何かになるのが判っているので、あくまで威嚇の「振り」だけ。

そこに警官たちが駆け寄ってきた。が、駆け寄ってきただけで彼らを止める気配は無い。

「あのな、日本人がな、日本人のための選挙をやってるんだよ！　邪魔をする気があるなら命かけてこんかい。舐《な》めるんじゃないぞ日本人を！」

おれは、何故か運動員たちに一方的に罵声を浴びせられるばかり。そのうえに警官たちまでがおれを取り囲んで、おれに厳重注意をすると通告した。

「これは選挙だからね。選挙中の言論は厳に守られなければならないんだ」

「守るんすか？　これを？　警察が、ですか？」

そうだ、と警官たちは頷《うなず》いた。

「おたくら……公安の人っすか？」

「そうです。公安の高橋《たかはし》です」

全員が「高橋」と名乗った。なんだこれは？　ダチョウ倶楽部《くらぶ》のギャグの一種か？　そこまでして自分の身元を特定されたくないのか。

「とにかく、これ以上ここで揉《も》め事を起こすんなら、署まで来て貰《もら》うことになりますが」

そう言った責任者らしい警官は、よく日焼けした土色の顔に皺《しわ》が深い。見るからに公安のベテランらしい見てくれだ。

選挙なら何を言っても許されるということが信じられないが、警察沙汰になれば、東京から逃げてきたことが無駄になるし、黒田やじゅん子さんにまで迷惑をかけることになる。

仕方なくおれは頭を下げて謝罪した。

「あ？　よく聞こえないんだけど？」

痩せた運動員が勝ち誇った。

「悪いと思うなら、そこで土下座しろ。和久井さんの選挙運動を邪魔して申し訳ありませんでしたと、和久井さんにお詫《わ》びしろ！」

言われたとおりにするしかなかった。

蕎麦屋に逃げ帰ったおれが、さながら原宿《はらじゅく》で裸踊りをさせられたような屈辱に身を震わせていると、ゲップをしながら黒田社長ご一行様が帰ってきた。

「なんや飯倉。掃除終わっとらんやないけ。せっかく牛丼弁当買《こ》うてきてやったのに」

牛丼弁当を強奪したおれは、胃に流し込むように一気食いしてしまった。そうでもしないと、この無念さを晴らすすべがなかった。

＊

その後も、あの家には何度も「選挙カー」が来襲して言葉の暴力を浴びせていった。

支援者団体のメンバーも徐々に増え、その模様が「ピコピコ動画」でネット中継されたが、その都度、ネット画面には「どんどんやれ！」のような心ない書き込みが溢れた。

強面の黒田は、街宣車の騒音に腹を立て、ネットのヘイト書き込みにも怒るくせに、まったく動く気はない。

「ワシは逃げとるさかい、顔が映るとマズいねん」

そりゃそうだろうけど……。そう言いつつ黒田は最後の最後で助けてくれることもある。いや、その期待を見事に裏切ってナニもしてくれないことの方が多いか。いずれにせよ他力本願ではダメだ。かと言って、おれにはナニも出来ないんだよなあ……ネットで反論することすら怖くて出来ないんだから。

やがて、この騒ぎを知った暇人までがこの界隈にやってきて「日本から出て行け！」などと怒鳴り声を上げるようになってしまった。

そんな「選挙運動」が、朝から夕方まで続くようになって三日目のことだった。

表が騒がしくなり、「見ろ！　不法滞在女子高生だ！」「寄生虫が帰ってきた」「土下座させよう」などと言う声が聞こえたと思ったら、いきなりウチの引き戸が開いて、少女が飛び込んできた。ちょっと肌の色が濃い、可愛《かわい》らしい顔の少女だ。

「ごめんなさい……ちょっとでいいんです。ちょっとだけ、ここに居させて貰えますか?」

少女の顔には怯えがあった。

「学校のあと、バイトから帰ってきたら、家の前にあの人たちがいて」

ガヤガヤとうるさい連中はウチの前までやってきて蕎麦屋のボロい引き戸を蹴り始めた。

「ここ開けろ! 居るんだろ!」

「匿《かくま》うお前らも非国民だ!」

「……いつの時代や? 朝ドラの戦前編のロケかこれは」

さすがに黒田もこれには激怒した。引き戸をがらり、と開けるなり、夜叉《やしゃ》の形相で怒鳴りあげた。

「なんじゃお前ら!」

外に居たのは大学生やサラリーマン、主婦といった、見た感じごく普通の人々だ。拳を振り上げ顔中を口にしてわめいていた彼らは、しかし黒田を見て全員が凍りついた。

「おんどりゃここはワシの敷地と知っての振る舞いか！　誰に断って足踏み入れとンねん！　あ？」

黒田が一歩踏み出すと、外の連中は一歩引く。歌舞伎の立ち回りみたいな展開だ。

「平日の昼間から暇やの、アンタら。他にすることないんかい！　寄ってたかって女の子に追い込みかけるよりマシなこと、なんぼでもあるやろが！　あ？」

「い、いや、我々は……」

連中の一人が何か言いかけたが、黒田が「なんや」と言いつつもう一歩踏み出すと、「ひ」と悲鳴を上げた。見るとズボンの股間が濡《ぬ》れている。恐怖でお漏らしをしたのだ。

「警察にガサ入れされたこともないワシや。お前ら、エエ度胸しとるやないかい！」

黒田が引き戸の突っ張り棒を手にすると、外の連中は悲鳴を上げながら、蜘蛛《くも》の子を散らすように逃げていった。

「女子供にしか強く出られんとはホンマ情けないヤツらやで」

ここぞというところに出てきてホームランをかっ飛ばす社長はニクい！　強面の顔だけで武器になるのはズルい！　とは思うけど、要するに結果オーライだ。

だが、窓から外を窺《うかが》った社長は「こらあかんわ」と言ってクビをコキッと鳴らした。

「あんたの家、さっきのアホどもが取り囲んどるで。帰ったら帰ったでシュプレヒコールの餌食《えじき》や。あんたがよかったら、ここに居てもエエよ」

社長は時々気まぐれに優しくなるが、そんな成り行きでおれたちは、くだんの少女、セレッサドミンゲス桜子を助けることになった。


「なるほどな……あんた、若いのに苦労しとるんやな」

情にもろい黒田は拳で涙を拭った。

両親が母国ピリピニアに強制送還されて日本に一人残された桜子は、支援団体からの僅かなお金とアルバイトでなんとか暮らしている。住んでいる家は、大家の厚意でタダ同然で住まわせて貰っていたが、選挙運動にかこつけた「抗議活動」のせいで、今は大家から出て行ってくれと言われているそうだ。

桜子が「母です」と見せた一枚の写真には、エキゾチックでグラマラスな女性が微笑《ほほえ》んでいた。目と鼻の辺りが桜子に似ている。

その写真を手に取った黒田は首を傾げた。

「このヒト……どこかで会《お》うた気が」

しばらく考えていたが、「そうや！」と思い出した。

「ワシが昔ショーパブをやっとった頃、観光ビザで入国してダンサーとして働いとったんが、あんたのお母ちゃんや」

ワシの記憶がたしかなら、と黒田は溢れ出る記憶を全部喋った。

「お母ちゃんの名前、ルビーやろ？　常連の客と仲良うなって、子供ができたはず……」

黒田は桜子をじっと見ながら言った。

「お母ちゃんが先《せん》に付き合《お》うた男がマトモな人間やったら、昔惚《ほ》れた女の娘に力を貸してやろう、思うかもしれん。ツテをたどってちょっと調べてみるワ」

故国にいる母親ルビーに国際電話をして聞き出した情報を元に、社長とおれは調査を始めた。

ルビーと付き合っていたという男は、この北関東の町から程遠くないところに住む、資産家の跡取りらしい。

アポなんか取ったら会《お》うてくれへんで、と言うことで、いきなり訪問することにした。

敷島《しきしま》家はこの辺りの大地主で、近くのショッピングセンターの土地も貸している、県内有数の資産家だった。

その屋敷は広大で、そのへんの住宅街が、まるまるひとつ入る程だ。

庭には祠《ほこら》があり、その周りをチリひとつなく掃き清めている人たちがいる。何かの新興宗教だろうか。

黒田に促されて、おれはその一団の中心人物らしい、上品な老婦人に話しかけた。

地味だが高そうな着物をきりりと身につけ、綺麗《きれい》にセットされた白髪を薄紫に染めている、いかにも裕福そうな老婦人だ。

「あの、以前、こちらで暮らしていたことのあるという、ルビー・ドミンゲスさんのことでお話が」

おれがそう言うと老婦人の顔色が変わった。上品な顔つきが大魔神のようにみるみる歪み、その下から、激しい憎しみに満ちた怒りの表情が現れたのだ。

豹変《ひょうへん》ぶりがあまりに凄まじく、おれは一瞬、老婦人の身体《からだ》を食い破ってエイリアンが出現したかのような恐怖に震えた。

「ルビーですって？　あの女の名前をまた聞くとは思いませんでしたよ。あなたがたは何？　やっぱりあの女と同じくお金目当てなの？　いくら欲しいの？　いくら払ったら帰るの？」

憎しみの表情は変わらない。

それを見たおれは、誰かにそっくりだ、と思った。

そうだ、ヘイト選挙演説をしている町長候補の、和久井丙太郎その人に似ているのだ。

憎しみに取り憑かれると、人は誰でも似たような顔つきになるのだな、とその時は思ったのだが……。

その老婦人はひとまずおれたちを狭い物置きのような部屋に招き入れると、お手伝いさんに一番安いお茶を淹《い》れてこいと命じた。

ここまで露骨に侮辱しなくても、おれたちが歓迎されざる客だということは、充分過ぎるほど判った。

すり切れたソファの置いてある三畳間で、薄いお茶を前にしたおれたちに、老婦人は「ルビーというアジア女」への悪口雑言を、堰《せき》を切ったようにぶちまけた。

「あの女はね、金目当てでうちの息子を誑《たら》し込んで、まんまとこの家に入りこんだんですよ。しかも孕《はら》んで。うちの息子の胤《たね》だと言い張ったけれど、品行方正な進《すすむ》が、そんな女に手を出すわけないじゃないですか！」

進というのがこのウチの大事な息子らしい。

壁にはどこかの神社のカレンダーと、「美しい日本」というロゴ入りの、同じく神社の写真のポスターが貼ってある。

「うちは由緒正しい、日本の古い家柄です。旧幕時代には大名だった、なんとか伯爵の女中頭の嫁ぎ先のお姑《しゅうとめ》さんの親族の娘が私の母だったのですから」

つまりはなんとか伯爵とは赤の他人ということだ。

「私どもはただ裕福なだけではなく、由緒ある家柄ですから毎朝ご来光を拝んで、ご先祖や国への感謝を忘れずに日々を送っているのです。そんな敷島家に外国人の嫁なんてありえません！　それはあなた方にだってお判りでしょ」

息子が泣いて頼むのでこの家に置いてやったがお腹《なか》が大きくなってきたのでピリピニア行きの航空券を叩きつけて追い出した。当然認知は許さず、その後のことはまったく知らないと老婦人、いやこの敷島家の大奥様は言い放った。

「あの女は自分の国に帰って産んだらしいけどね。あとあと面倒なことになると困りますから、そういう専門のヒトに頼んで特別な養子縁組をしてもらいました。ですからあの女も、あの女が産んだ子供も、この家とは何の関係もないんですよ。これでお判り？　判ったらさっさと帰ってちょうだい」

おれたちは一番グレードの低い応接室から追い立てられた上に、塩まで撒《ま》かれた。

黒田社長が何も言わず反抗もせず、大人しく従順なのが不思議だ。

「アホやな。こうやって敵失を待っとるんやないかい」

「けど……今の話だと、桜子さんの事とは無関係ですよね？　だって桜子さんは両親がピリピニア人だし……」

「ええのや、それはそれで」

社長だけがニヤニヤして帰途につこうとした時、一人の男が我々の後を追ってきた。

「待って！　待ってください。ルビーは……彼女は今どうしているんです？　元気にしていますか？」

追ってきたのは、敷島家の跡取り、進だった。瘦せて貧相な、大奥様の迫力とは正反対の、弱々しい初老の男だ。

「僕は気が弱くて、母がルビーを追い出すのを止められなかった……ルビーが産んだ子だって、僕の子だと判っていたのに……」

法律的な関係を断ち切られ、物理的にも会えなくなり、たった一人の、血を分けた子との縁が切れてしまった、と進は涙ぐんだ。

「その後、僕は八方手を尽くして子供を探し出そうとしましたが……」

「過ぎたことや。しゃあないやおまへんか。今になってあんた、親子の名乗りをあげたい言わはるんでっか？」

「母の手前、それは無理です」

進はがっくりと肩を落とした。昔はイケメンだったらしい顔立ちは、老いて窶《やつ》れている。

「あれから何度か、結婚のようなことをしました。しかし母が疑り深くて全員を財産目当てと決めつけ、籍を入れることも許されず、お試し期間のようなことをしているうちに」

「なんと、この平成の御代《みよ》に足入れ婚でっか？」

「全員が逃げてしまいました。そのうちの何人かには、子供が出来る前でよかった、とハッキリ言われました」

たしかにあの母親が付いていては無理だろう。どんな豪邸でも、財産があっても……。

「母もそうですが、日本の女性はキツいですね。僕を本当に愛してくれたのはルビーだけだった。やっとそれが判りました」

進はしきりにルビーの消息を知りたがり、連絡を取ってみると答える黒田に、まとまった金を渡した。

「これで航空券を買って、ピリピニアに行って、僕との子供のことを彼女に聞いてください。すべて母がやったので、僕にはハッキリしたことが何も判らないんです」

　まかせなはれ、と黒田は請け合った。

＊

　カネを手にした黒田は、じゅん子さんを連れてピリピニアに飛んだ。もちろん足取りを摑まれないように偽造パスポートを使ってだ。

　結局、ルビーが過去に付き合っていた敷島進には桜子を助ける力の無いことが判ったのに、黒田はウキウキして成田《なりた》に向かった。仕事とは表向き、テイのいい海外旅行に行けるからに決まっている。

　数日後、かかってきた国際電話では、なにやら『大変な証拠が手に入ったデ！出生証明書や』などと叫んでいたが……。

　ここに来てからＤＩＹに目覚めたあや子さんが朝から晩までホームセンターに入

り浸っているので、おれが一人で蕎麦屋店内のリフォームというか、補修作業をしていると、一人の女性が訪ねてきた。

「あ！　あんたは！」

この前おれに罵声を浴びせた、ヘイト団体の痩せた茶髪女だ。

「何しに来たんスか！」

おれは完全に逃げ腰だ。

「私、立石《たていし》ハツ、と申します。この前は大変失礼しました。悪気はなかったんです。ごめんなさいね」

ニッコリ微笑む彼女は、よく見ればなかなかの美人だった。この前は戦闘態勢で化粧もしてなかったが、今は違う。口紅にアイラインもばっちりで、しかもカラダの線が浮き出るピッチリしたシャツにボトム姿だ。

「今日は……この前のお詫びと、誤解を解きに来たんです。私たちは、別にあなた方に敵意を持ってるわけじゃなくて……」

立石ハツはぐいぐい迫ってくる。後ずさりするおれの背中に、蕎麦屋のカウンターが当たった。

アラサーくらいに見える彼女は、痩せているけど胸の膨らみは充分だ。バストがむぎゅっと押しつけられ、おれはカウンターに押し倒される形になった。

シャツ越しに、柔らかな双丘がおれに密着してくる。

やばい。立石ハツの瞳は潤んでいる！

相手の体温が伝わってくると……おれの股間はむくむくと大きくなってきた。情けない。条件反射にしても正直すぎる。

自分で自分が恥ずかしくなったが、おれも若い男である以上、いかんともしがたい。

立石ハツの腕や脚が、おれに絡んでくる。

「あの、これは……どういう……？」

「え？　私なりの好意の表し方なの。いけないかしら？　ぶしつけ？」

「いや……そんな事はないっすけど」

彼女からは香水ではない、いい香りがした。これがいわゆるフェロモンというやつか？　じゅん子さんやあや子さんからは感じたことがないけれど。

「ほら、男と女って、主義主張を超えた部分で繋がるものじゃないですか。ね？」

彼女はおれを窺うように見た。

「私はこの前、あなたのことがとても気になったの。みんなの手前、主義主張の違いを前面に出さないといけないから、キツい事も言ってしまったけど……昔から男と女ってそうでしょ？　あなた、ルビッチの『ニノチカ』って映画知らない？　バリバリ共産主義のソ連女とブルジョワの男が恋に落ちるの。知らない？」

「あいにく不勉強で……」

「ワイルダーの『ワン・ツー・スリー』って映画でもね、やっぱりガチで共産主義の東独男がアメリカのコーラ会社の重役の娘と……」

立石ハツはおれの唇に吸いついてきた。

非モテの分際で、据え膳を断れる身分ではないおれとしては、受け入れるしかない。

舌がねっとりと絡んできて……彼女の手は、ついにおれの下半身に伸びてきた。そうなるとおれだって童貞じゃないんだから、彼女のお尻におそるおそるタッチしてみた。ぷりんと締まったいい感じのヒップだ。

ふふふと笑いながら、彼女はおれのジーンズを降ろしにかかった。当然抵抗はしない。

パンツごと脱がされた下半身を、彼女の手がもてあそび始めた。

「あらもう元気になってる」

「すいません。穴があったら入れたい年頃なもんで」

「やだ可愛い。まるで中学生みたい」

バカにしてるのかなんなのか、彼女がふふふと笑ったので、おれは彼女のぴっちりしたシャツを捲《めく》り上げ、ブラも無理やり外すと、いきなり舌先で乳首を転がしてやった。

「あっ！」

予想外の早業だったので虚を突かれたのか、彼女は全身を震わせて声を上げた。

「いやだ。電気が走っちゃった。巧《うま》いじゃない？　あそこもジンジンしてきたわ」

彼女はいきなり躰《からだ》を下に滑らせて、おれのナニをぱくりと口に含んだ。

「あうっ！」

思わず声を上げてしまったが、そのまま彼女は舌をねっとりとナニのアレに這《は》わせ絡ませ、裏筋のあたりをチロチロと嬲《なぶ》るように攻めてきた。その電撃的展開で、おれのナニは彼女の口の中で猛然と膨らみ、いまにも爆発しそうになった。

「ううう……」

おれは暴発するのを必死で我慢した。なんと彼女は、サオに軽く歯を立ててしごいてくるのだ……。

そのうちに、彼女は「そろそろ欲しいの。いいでしょ？　もういいよね？」と言いながら、おれに跨《また》がると、女性上位の体勢で腰を落としてきて……爆発寸前のおれのナニをアソコにあてがうと、そのまま一気に……。

「おおっ！　す、素晴らしい！」

久々のアソコの感触は感動ものだった。

彼女も、「あ～中がぐっと押し広げられる～気持ちいい～！」などと絶叫している。

そこでおれは、ハッとした。

この女の目的はこれか？　外に仲間がいて、セックスの様子に聞き耳立てていて、後から「アンチ和久井丙太郎のチンコ野郎」などとネットに書きまくられるんじゃないか？　って事は……これは、ハニートラップ？

そう思って見ると、立石ハツは騎乗位で腰を動かしながら、蕎麦屋の中を探るようにキョロキョロしているようにも見える。

おれの視線に気づいたハツが訊《き》いてきた。

「ねえ、あなたのボスって……あのヤクザみたいなヒトだけど、今、ピリピニアにいるのよね？」

「そうっスけど……なぜそれを？」

「うちの代表……和久井候補に電話がかかってきたの。ねえ、何か重要な書類をファックスするとか、そういうことを言ってなかった？」

「いや別にそんなことは」

やっぱり彼女は何かを探りに来たのか。

だけど……今のおれは正直、そんなことはどうでもいい。不安よりも本能が勝っている。イキたい。絶頂で射精したい！　ハニートラップだろうが知ったことか！

おれは彼女を突き上げる腰の動きをさらに鋭く、さらに速くした。

「ああっ！　イキそうだっ！」

「私もよっ！　一緒にイキましょう！」

ついにラストスパートに突入した、その時。

勢いよく引き戸が開いたと思ったら、誰かが飛び込んできて、叫んだ。

「アイヤそこまで！」

和久井側の誰かか、と思ったら、それは誰あろう、あや子さんだった。

「何やってるのよ！　飯倉くんっ！」

あや子さんは叫ぶなり、合体しているおれたちを引き剝がしにかかった。

「この女が何の魂胆でこんな事してるのか、判ってるの?」

「いやそれは、主義主張を超えておれに好意を持ったから……」

「バッカじゃないの!」

立石ハツを引っぺがそうと、なおも悪戦苦闘するあや子さん。その時、蕎麦屋の奥からジージーという音が聞こえ始めた。

黒田が占領していた小上がりの隅っこにあるファックスが紙を吐き出している。壊れていると思ったのに、生きてたのか!

それを見た立石ハツはスルッとおれのナニを抜くと、ファックスめがけて突進した。そこに猛然とタックルしたのはあや子さんだ。

ごん、と音がして、ハツの額は小上がりの角に激突した。

「飯倉くんっ! ナニしてるの! ファックスよ。そのファックスを死守して!」

あや子さんに言われて仕方なく、おれは身を起こして小上がりに移動した。

ファックスから吐き出された紙は、横文字がギッシリ並んだ書類だった。それも二通。

「それ……寄越しなさい!」

割れた額から流血、という壮絶な形相で立石ハツはおれに迫ってきたが、あや子さんが彼女の脚を引っ張ると、そのまま顔面から前に倒れ込んだ。

「飯倉くん、その書類を渡しちゃダメ！　見られてもダメ！　敵に対策を取られちゃう」

「わかったっス。わかったから落ち着いて」

おれはファックスから出てきた書類をひしと抱え、死んでも渡さない、という雰囲気を出そうとしてみたが、下半身ハダカでナニもまだおッ勃《た》ったままなので、締まらないことおびただしい。

立石ハツは舌打ちし、素早く服を身につけると蕎麦屋を出て行った。

しかし……一体何なんだ、この書類は？

＊

「皆さん今晩は。本日はスタジオに『平成攘夷《じょうい》！』を叫ぶ愛国市民団体の代表で、颯跋町の町長選挙に立候補もされている、和久井丙太郎さんにお越し戴《いただ》いています」

某政治討論番組に登場した丙太郎は、持論のヘイト発言を捲《まく》し立てた。

「日本国民の血税を外国人が食いつぶしてるんですよ？　アンタ方マスコミは人権

だ何だと言って見て見ぬフリをしてるけど、それでいいのかって話ですよ。いいはずないでしょ！　だから私は不法滞在しているピリピニア人に出て行けと言ってるんです！」

「ではここで、問題の、ピリピニア国籍の女子高校生、セレッサドミンゲス桜子さんに入って戴きましょう」

スタジオに桜子が登場すると、丙太郎は「このクソ女！　早く母国に帰れ！」と顔を歪めて怒鳴りつけた。

桜子は強《こわ》ばった表情でその罵倒に耐えている。

オッサンが、まだ高校生の女の子を口汚く罵り貶《おとし》めている。スタジオの異様な空気は画面を通して、見る側にも充分に伝わっている。

「あの、私……」

「はい、桜子さん」

キャスターは救いを求めるように桜子に発言の機会を与えた。

「私、和久井さんに見て貰いたいものがあるんです」

「見て貰いたい？　なんですかそれは？　日本に居座っている反省文とかですか？　そんなもので誤魔化されませんよ」

丙太郎は鼻先でせせら笑った。

桜子は二枚の書類を取り出すと、司会者に手渡した。

「これは、和久井丙太郎さんの出生証明書、及びピリピニア国籍を確認する書類です。発行したのはピリピニア政府です」

その書類が大写しになった。

「ナニを言ってる……そんなデタラメで私を陥れようとするのか！」

「いえ、これは正式な書類です。本物であることは確認済みです。実は局としても、この書類が捏造《ねつぞう》ではない裏を取ったうえで、こうして放送しておりますので」

「な、なんだ……お前ら、グルか」

丙太郎は口を歪めたが、その視線は泳ぎ、その表情にさっきまでの迫力は無かった。

書類の内容が説明された。和久井丙太郎は北関東の資産家の長男・敷島進を父とし、芸能ビザで日本に入国したルビー・ドミンゲスを母としてピリピニアで出生し、その後日本で養子に出されたという生い立ちと、二重国籍が明らかにされた。

丙太郎は言葉を失い、茫然《ぼうぜん》自失の表情で座っている。

無事帰国してテレビを観《み》ていた黒田は、満足そうに笑った。

「これでワシらがわざわざピリピニアまで行った甲斐《かい》があった、いうもんや。ほれ、みやげのバナナチップとドライマンゴー、遠慮せんと食べてんか」

なんで甘いものばかりなんだよ。

「あの、まだちょっとよくわからないんスけど、ピリピニア人の桜子さんにあれだけヘイトを向けていた和久井丙太郎本人が、まさか」

「そのまさかや。丙太郎自身がピリピニアとのハーフやったんや」

「ユダヤ人を殲滅《せんめつ》しようとしたヒトラーに実はユダヤ人の血が流れていた、という噂《うわさ》さえあるくらいですからね」

じゅん子さんが冷静に解説する。

「それだけやない。なんと、丙太郎と桜子は父親違いのきょうだいやったんや。これが歌舞伎やったら『そういうお前は』『兄《あに》さん』『我が妹』『会いたかった会いたかった、会いたかったわいなあヨヨヨヨ』という見せ場になるところや。ワシらがピリピニアで見つけてきたのは、さしずめ証拠の巻き物やな」

奪われんでよかったな、と黒田はドライマンゴーを口に放りこむ。

そうか。敷島家の大奥様と丙太郎の、ヘイトを剥き出しにする表情がそっくりだったのも当然か。顔立ちだけではなく特殊な思想が祖母から孫に隔世遺伝したのかもしれない。

だがここでテレビに出演中の丙太郎が、驚天動地の爆弾発言をかました。

「……身体の中に、たとえ、どのような血が流れていようとも」

何かを決意したかのように、丙太郎は顔をあげ、カメラをきっと見つめて言い放った。

「差別をしてはいけません。人間として、それは当然のことです」

えええーっ、とおれは叫んでいたし、スタジオの中にもざわめきが広がった。

「代表！　何を言うんですか!!」

「今さらそんな」

スタジオに詰めかけていたヘイト団体の関係者が文句を言い始めたのだ。それを抑えつけるように、丙太郎は声を張り上げた。

「ピリピニア人の血は緑色ですか？　そんなことはない。血の色は何人《なにじん》でも一緒、赤い色ではありませんか。国籍にはまったく関係ありません！　差別反対！　私はこれより、人種差別反対、民族差別反対を主張致します！」

パニックになった団体関係者が多数、画面の中に乱入してきた。その中には立石ハツも居たが、たちまち警備員に押し戻された。

「なんやこれ。なんちゅう変わり身の早さや。歌舞伎の早変わりでもこうはいかん。しかしよう言うわ。どの口が言いよるねん」

さすがの黒田も呆れ果てている。

「いいじゃん。まともな考え方に戻ったんだし」

いつもどおりポジティブなあや子さん。

「そうですね。人間は変われるんです。いくつになっても」

じゅん子さんも相変わらずクールだ。

政治討論なのか感動ポルノなのか判らなくなったまま番組は進行し、「では、和久井さんにはこの方々にもご対面戴きましょう！」と司会者は完全に違う番組になっているのも無視して声を張り上げた。

スタジオに現れたのは、桜子の母であり、丙太郎の生みの親でもあるピリピニア人のルビー・ドミンゲス、そして丙太郎の実の父である敷島進だった。

「まさに一家再会です！　生き別れになった実の親子きょうだいの、涙涙のご対面であります！」

画面の中では丙太郎、桜子、ルビーと敷島進の一家四人がひしと抱き合い、涙に暮れている。

「和久井丙太郎さんとセレッサドミンゲス桜子さんは父親の違う兄妹だったのです！　こんなことがあって良いのでしょうか！」

司会者もいつの間にかお涙頂戴の感動を盛り上げる名調子となり、「かあさん！」「お兄ちゃん！」「おれが悪かった」「ノープロブレムね。あなたのこと、忘れたことはなかったよ、一日でも」「おれはかあさんに棄《す》てられた……ずっとそう思っていて」「いいんだよ。お兄ちゃん、知らなかったんだから」などなどの、「瞼《まぶた》の母」もかくやと思える涙のセリフで、スタジオは埋め尽くされた。

本当のことなんだから仕方がない。

「大歌舞伎やったらここで柝《き》がチョーン！　と鳴って幕、ってところやが……とんだ田舎芝居になったな。見ていて恥ずかしいワ」

そう言いながら、黒田も貰い泣きしている。

「たとえ生き別れても親子でござる、きょうだいでござる、ちゅうやつやな。エエ話やないかい！」

この日を境に和久井丙太郎はヘイト団体を解散して和久井ドミンゲス丙太郎を名乗り、国際親善に身を投じることと相成った。

めでたしめでたし。

第二話　颯跋祭《さつばつさい》

「見事な露天風呂やな。よう作ったもんや」

黒田社長が感心した。

ここは北関東のとある町。おれたち「ブラックフィールド探偵社」の面々は（いろいろあって）東京から逃げ出さざるを得なくなって、現在はこの自称古民家（その実体は廃屋寸前の蕎麦屋）に潜伏している。

裏手にある壊れかけた風呂場を減築し、露天風呂をこしらえたのは、「お風呂がなくちゃ暮らせない！」という社長の愛人・あや子さんの強硬な主張があってのことだ。

廃墟《はいきょ》となっていた風呂場をぶち壊し、空いたスペースを廃材のベニヤで囲い、そこに風呂桶《ふろおけ》を設置したのだ。屋根にした白い波形プラスチックは半透明なので、外の光が入って明るい。外の景色も見渡せる。

だけど、その景色は荒れ果てた休耕田と産業道路だけ。しかも年明けのこの季節では寒い。お湯に入ったのはいいけれど寒くて出られなくなりそうだ。なのに、あや子さんは楽しそうだ。

「水道代は要らないよ？　裏庭に井戸があって、地下水を使えば沸かせるから」

我が探偵社の知恵袋にして実務をすべて取り仕切っているじゅん子さんも言葉を添えた。

「ここは朽ち果てた古民家なのに、目立たないように屋根に太陽光パネルが設置してあるんです。しかもこのパネル、生きています」

「ここの家主は、そういう洒落《しゃれ》た真似をする人間やないと思うとったが」

意外そうな黒田にじゅん子さんが説明する。

「パネルを設置したのはオーナーの妹さんだと思います。蕎麦屋を改造してオーガニックのカフェを始めようとした彼女は、いわゆる『意識の高い』タイプなのでは？」

たしかに、賞味期限切れで保存されていた食材にはすべて有機栽培のラベルが貼ってあったし、古民家の中に残されたコーヒーの焙煎機やパスタマシーンなどの調理器具も、最高級品ばかりだ。

「意識が高すぎて挫折した、ちゅうわけか」

あらゆることに完璧を期した結果、予算が足りなくなり、この廃屋同然のボロ古民家を蕎麦屋からカフェに改装しようという試みは潰《つい》えてしまったのだろう。

「これ、近所の産廃で貰ってきた古いバッテリー。ソーラーパネルにつないで充電しとくと夜の照明くらいにはなるし、お風呂を沸かすのは、これも近所の木工所で廃材がタダで貰えるから」

「『ザ！鉄腕ＤＡＳＨ‼』の０円食堂みたいやな。あや子もやるやないか。えらいもんや」

黒田社長がホメるのはあや子さんだが、ほとんどはおれ、探偵社唯一のヒラ社員である飯倉良一が作ったのだ。大工のバイトもしたことがない完全なド素人《しろうと》のおれが、見よう見まねをしようにもお手本もなく、ただただ「我流」で苦心惨憺《くしんさんたん》、作り上げたのだが……。

「光熱費タダの建材もタダ、タダほどエエコトはないデ～」

「あの～人件費もタダなんすけど」

「そういえばそうやった。人間、なにか才能ちゅうもんはあるんやな。能なしの甲斐性無しの飯倉に、こんな才能があるとはな」

完成を喜んだ黒田があちこち触ろうとした。

「どこから貰《も》ろて来たんや、この岩は？」

あや子さんが慌ててストップをかける。

「あっ、それに乗っちゃ駄目だよ。それ、岩みたいに見えるけど、ただの発泡スチロールだから。塗料が乾いてないし」

じゅん子さんもチェックを入れる。

「壁にも、もたれないでくださいね。ベニヤを張っただけなので強度に不安があります」

「お湯に浸《つ》かって寄りかかるのにエエ案配や、思うたのに禁止事項が多いな。しかし、この浴槽は……エエ匂いがするからヒノキかと思たら、なんや手触りが違うな」

「強化プラスチックだよ〜。見た目じゃ区別はつかないけど。ヒノキの香りは、ほら」

あや子さんは床に置かれた金属の缶を手に取った。

「ヒノキの香りの入浴剤。これを入れるだけで、総ヒノキのお風呂の出来上がりだよ」

「だんだん風情が無《の》うなってくるな」

それでも、と黒田は床に敷かれた簀《す》の子《こ》を指さした。

「ところどころに植物が生えとって、和風庭園のような風情があるやないかい」

「それは単に雑草が伸びただけだから」

「簀の子がグラグラしとるで。地面から水も染み出しとる。ここの地盤は大丈夫か？　まわり田んぼやろ？　あんまり地下水は汲《く》み上げんほうがええのんとちゃうか？　昔、ワシの知り合いが手がけた宅地開発やが……」

水田を潰して作った狭小住宅群が地盤沈下でえらいことになったケースがあったそうだ。

「ある時を境に、全部の家がいっせいに傾いてきたらしいワ。その不動産屋は夜逃げして、今も行方知れずや」

とまあ、細かい欠点を数えればキリがないが、この露天風呂は蕎麦屋併設の立ち寄り湯としても稼働することになった。もちろん、無許可のモグリだ。

「個人のお宅のお風呂をお貸しするという形でやれば許可は必要ないわよね？　蕎麦屋の営業許可証はまだ生きてるはずだし……」

じゅん子さんの提案が事実上のゴーサインとなった。

「だけどあたしたち、蕎麦なんか打てないよ」

あや子さんが心配したが、黒田は「大丈夫や！」と言い切った。

「蕎麦はお湯を注いで出すやつでエエがな。こんな店にダマされて入ってくる客に、味は判らん。それにキョウビの即席はバカに出来ん。なかなか美味《うま》いデ」

そう言って自信満々に頷いた。

「即席麵《そくせきめん》でも、露天風呂ちゅう付加価値がつけば立ち寄る客もおるやろ。『腹が減りゃあ熊だって山を下りる』っちゅうやつや」

＊

黒田社長と飯倉くん、そしてあや子さんが出かけるのを私は見送った。

「ほなじゅん子、ワシらは駅前まで行ってくるさかい店番頼むわ。一人で悪いな」

そういうわけで、露天風呂の営業初日は、私が担当することになった。

ほどなく最初の客がやってきた。

「きみ、美人だね。ここでプライベートの露天風呂に入れるって噂を聞いたんだけど」

背の高いイケメンだ。

「美女二人が背中も流してくれるって」

「そういうサービスは致しません」

私はドクターXのようにピシャリと言ってやった。どこでどうやってそういうデマが広まったのだろう？

「それに、このお風呂は、お蕎麦を食べたお客さん専用ですから」

「そうなの？　じゃあソバはあとから食べるから、融通利かせてよ」

その男の顔立ちは整っている。筋肉質で手足も長い。だが、どこかイヤ～な感じがする。自分と自分の外見に絶大な自信がありそうなところにイラっとするし、自分はモテるから優遇されて当然、みたいな、勘違い男の匂いがプンプンするのだ。

「知らない？　オレたち、この近くで映画撮っててさ。町はずれの颯跋《さつばつ》神社。もうすぐ年に一度の奇祭があるでしょ？　そのドキュメンタリーを撮るんだ。おれ？　おれはカメラ構えるんじゃなくて撮られるほう。ほら、おれって売れっ子だから。てか、おれのこと知らない？　テレビとか観ないの？」

「存じません」

「え～知らないの？　信じられないなあ。畑中《はたなか》、畑中勇太郎《ゆうたろう》って知らない？　ほら、天然系のイケメンって今、評判の」

何だコイツは？「自分で言うのもナンだけど」という枕詞《まくらことば》さえつける気がないのか！　私はさらにイラっとして、厨房に下がった。

蕎麦にトッピングする青菜を茹《ゆ》でていると、露天風呂から声がかかった。

「おーい、おねえさーん」

無視したが自己愛過剰系なイケメンはしつこい。諦めずに何度も声をかけてくる。

「石鹸《せっけん》がないんだよ～持ってきてよ～」

思わず舌打ちをした。ケロリンの湯桶や腰掛けは用意したけれど、石鹸は忘れていた。

面倒なので、厨房の石鹸を摑んで奥の露天風呂に向かった。

「タオルもないんだ」

私が行くと、ざばあっと水音がして、自己愛男が立ち上がった。ご自慢らしい下半身を、これ見よがしに露出して見せつけている。

たしかに、全身にしっかり筋肉がついているし、日焼けサロンで灼《や》いたらしい皮膚の色にもムラは無い。肝心のモノも、ご立派、と言っていいほどの大きさだ。

見せびらかしたい気持ちは判るが、残念なことに、つるりとした顔に、まったく知性が感じられない。今私に見せつけている亀頭と同様、この男の脳味噌《のうみそ》もツルツルで、シワひとつなさそうだ。アレのことしか考えられない、脳味噌海綿体だ。

「これ、使ってください」

私は顔色ひとつ変えず石鹸を手渡した。

「待ってよ！」

勇太郎は私の手首をぎゅっと摑んだ。

「おれ、有名人なんだってば。人気モデルだし、芸能人だし、有名な彫刻家の専属モデルとして、海外でも知られているんだぜ！」

自分の名前が免罪符になると思い込んでいるこの男は、私の手首を引っ張って、浴槽に引き摺りこもうとした。

まずい、姦《や》られる！

反射的にカラダが動いた。

摑まれた手首を逆に引き寄せ、もう一方の腕で男の二の腕を押さえた。男の腕をそのままひしぐように抱え込むと同時に、くるりとカラダを回して背中を男の肩に押しつける。

その間、約〇・五秒。動きを封じたまま腰を落として、相手を道連れにする。

一秒後、畑中勇太郎は露天風呂の床に押さえつけられていた。

「痛《い》ってーよ！　離せよ。冗談、冗談だってば。本気で怒らないでほしいなあ。こんな田舎じゃ冗談も通じないのか！　ちょっとぉ！」

勇太郎がギブアップしたので手を緩めた。

だが許してやったのが間違いだった。

「ケッ！　年増のくせにイイ気になるなよ。お高くとまりやがって。せっかくおれが抱いてやろうと思ったのに、アソコに蜘蛛の巣が張ってても知らないからな！」

瞬間殺意が湧き、コイツを殺す方法を百万通りほど思いついた。それは私のレンジャーの訓練まで受けた経歴からしても簡単なことだったけれど、敢《あ》えて我慢することにした。

最近は忘れがちだけど、私たちは、この北関東の寂れた町に遊びに来ているわけではない。夜逃げ？　潜伏？　一時的に身を隠す？　まあ何とでも言えばいいが、要するに難を逃れるためにここにいるのだ。トラブルを起こすわけにはいかない。

「帰る！　ソバ、要らねえから。幾らなの？」

「二千五百円戴きます」

「ここに風呂込み千五百円って書いてあるぞ」

「二千五百円、戴きます！」

私の気迫に負けて、勇太郎は「痛《いて》えなあ」と手首をかばいながら服を着て、店を出て行った。その私服が全部これみよがしのブランド物で、アクセサリーをじゃらじゃらさせて、そのすべてが無駄に高そうなことにまで腹が立つ。

しかし……気をつけなければ。寂れた風呂で女が店番をしていると、勘違いした妙な客が来ることもある。あや子さんにも良く言っておこう。その時はそう思ったのだが……。

*

黒田社長とあや子さんのお供をして駅前商店街まで行ったおれがみんなと店に戻ると、一人で店番をしていたじゅん子さんが何故か怒っている。

「どうしたんすか？　そんなに怖い顔して」

話をしようとしたその時、知らない男が入ってきた。客か？

「お邪魔しますぅ〜」

むくつけき、と表現しても良さそうな中年の男だった。胸板は厚く、この寒空に、真っ白なTシャツ一枚だ。薄い布越しに大胸筋や二の腕の筋肉が盛り上がって見える。頭は角刈りだ。

「颯跋祭のポスター、こちらのお店にも貼らせてもらえないかしら？」

男っぽい外見とはうらはらに言葉つきは優しい……というよりオネエっぽい。そして満面にフレンドリーな笑みを湛《たた》えている。

彼はポスターと一緒に名刺を出して、黒田社長に手渡した。

「橘 慎之助《たちばなしんのすけ》と申します」

「エラい若侍みたいな名前やなあ」

「今年の颯跋祭、有名な彫刻家のヴィスコンティ三島《みしま》先生の作品も駅前に飾られて、大盛り上がりなのよ。御存知？」

「ああ、あの彫刻か。さっき駅前で、なんやエラい揉めとったで」

黒田はそう言ったが、橘慎之助は特に驚いた様子もない。

「ヴィスコンティ先生の作品はいつも揉めるから。ところで毎年、ここには来ているんだけど、お蕎麦屋さん、再開したの？　あら、立ち寄り湯も出来たのね……そういえば、ここをカフェにするって話、どうなったのかしら……ああ、ここが良さそうね」

妙に事情通な慎之助は砂壁の、お品書きの貼られていないスペースに大判のポスターを広げて、手際よく持参の画鋲《がびょう》で留めてゆく。

そのポスターは、筋骨たくましい壮年の男たちが褌《ふんどし》姿で揉み合う、壮絶な光景を撮ったものだった。飛び散る男たちの汗、焚《た》かれた松明《たいまつ》から舞い上がる火の粉、夜の闇にオレンジ色に浮かび上がる男たちの肌、臑毛《すねげ》や胸毛などの黒々とした体毛が野性的で原始の生命力を感じさせ……ひどく生々しい。

「エロいね……これ」

あや子さんが息を呑《の》んでつぶやく。

「そうでしょう？　ＪＲで駅貼りを断られちゃったくらいだから」

慎之助が言うには、利用者から刺激的だと苦情が出て撤去されてしまったそうだ。

「この町の観光課が旅行会社と一緒に作って町おこしの宣伝にしようとしたのに、首都圏どころか、この町の駅にも貼れないんじゃ、意味ないわよねえ」

そう言いながら慎之助は何故か嬉《うれ》しそうだ。

「まあ、あたしたちから見ればかな～りどストライクで、欲しがる人がいっぱいいるポスターなんだけど、そこがまあ、たぶん問題なんでしょうねえ」

「いわゆるポリティカリーコレクトに抵触するってことですね」

じゅん子さんがコメントした。なんだ？　その猫のカリカリみたいな名称は。

「そうそう、そのポリコレ。最近こういう話が多いわよ。世の中がやたらうるさくなっちゃって。神経質というかなんというか」

しかしおれには、このポスターの何が問題なのか判らない。

正直にそう言うと、じゅん子さんが説明してくれた。

「特定の人たちの趣味嗜好《しこう》に偏りすぎた掲示物は公共の場にふさわしくない、そう思う人もいるってことね、要するに」

「けどおれ的にはこれ、全然エロくないっすよ。むしろ芸術的っつーか。いいじゃないっすか、これくらい。駅に貼ったたって」

「飯倉くんはそう言うけど、あたしはこれ、充分にエロいと思うよ」

社長の愛人であるあや子さんが断言した。

「問題ないって思うのは、飯倉くんにそのケがまったくないからだよ」

「あらぁお兄さん、完全にノンケなのぉ？　残念ね。お兄さんみたいな、ひょろひょろっとして人畜無害な若いコが滅茶苦茶タイプ、っていうゲイを一人知ってるのに。ちょうどあたしと一緒にこの町に来てるんだけど、どう？　紹介してあげるからお兄さんもこの際、バイになっちゃわない？」

「い……いや、いいっす。遠慮するっす」

怯えて固まるおれに慎之助は破顔一笑した。

「やだ、冗談よ。そんなに怖がらないでよ。あたしたちノンケの子を無理やり襲って、なんてコトはしないから。至って常識的なのあたしたち」

そういうのはゲイビデオとかの、フィクションの中のお話よ、これでも人権とかポリコレには気を遣ってるのよねあたしたち、などと言いながら、慎之助はポスターを貼り終えると上機嫌で店を出て行った。

あや子さんがエロいというポスターには「颯跋祭」という毛筆体のロゴがでかでかとあしらわれている。

ほぼ裸体で肉弾戦を繰り広げている男たちの中に、黒田社長とそっくりの体型や髪型のヒトもいた。

なるほど。これにセックスアピールを感じる人はいるんだな、男女を問わず、とおれは納得した。なんだかんだ言って、あや子さんは社長に惚れている。

「なんなんすか、このサツバツ祭って？」

いつものように、人間ウィキペディアのじゅん子さんが教えてくれた。

「この颯跋町は、ただっ広くて空っ風が吹くだけで、特に何もない町だと思うかもしれないけれど」

　じゅん子さんはポスターの横に前から張られていた近隣の地図を指さした。

「この町の外れの山の中、ほら、ここ……ここに古い神社があってね」

　たしかに等高線の間隔が狭まったその中に、鳥居のマークがある。

「なんでも孝謙《こうけん》天皇の時代にまで遡る由緒ある神社だそうなの。旧暦のお正月、つまりちょうど今の時期だけど、氏子がご神体を奪い合うお祭りがあるのよ。『かなまら狩り神事』とも言われていて……ほら、ここにご神体が」

　じゅん子さんがポスターの上のほうを指さして教えてくれた。

　それを見て、おれとあや子さんは仰天した。

「これって……」

「モロ、あれじゃん？」

　それはまごうことなき……長さは七〇センチ、直径三〇センチほどあるが、黒光りしてカリの張った……どう見ても「男根」としか思えない物体だった。

「人がいっぱい写ってるからすぐには判らないっスけど、これじゃ……駅貼り禁止も仕方ないスよね」

「『ご神体そのもの』に問題はないという見方もできるけど」

じゅん子さんによれば川崎《かわさき》のほうにやはり同じ「ご神体」を祀《まつ》る神社があり、例年四月にはさらに巨大な、これと同型のご神体を載せた神輿《みこし》が出て市内を練り歩いているらしい。

「古くからの文化だから……この近くに金精《こんせい》峠という山があって」

なんでも昔、すごくナニが大きい人が都から流罪になり峠を越えたのだが、ナニが巨大で重すぎたため、山を登るのが辛《つら》くなって切り落としてしまった、という伝説があるのだそうだ。

「ひえええぇ」

「駅前のエラい人出は、これやな」

黙って聞いていた黒田が口を開いた。

「新宿《しんじゅく》の二丁目におるような人らが仰山列車から降りてきよって驚いたがな。何かのイベントか？　ほれ、あのＢＬＴ？　いやＩＳＤＮやったかな、そういう関係の」

「それを言うならＬＧＢＴ」

「レタス・ベーコン・トマト、Ｇはなんや？」

「Ｇはゲイの略です」

じゅん子さんによればLGBTはサンドイッチの名称ではなくレズビアン・ゲイ・バイセクシュアル・トランスジェンダーの略称だという。

「そういう人たちが、みんな颯跋祭に集まってきたんでしょう」

「新しい銅像が建っとったのもそれか。エラい揉めようやったで」

その「揉め事」なら黒田と一緒におれも目撃している。

ＪＲ颯跋駅前のロータリーに設置された銅像の前で、二人の男性が激しく言い争っていたのだ。

「この作品のどこに問題があるというんだ？　この木っ端《こっぱ》公務員が」

「いや……ですから、その、町役場に猛烈な抗議がありまして」

「抗議？　くだらんことを言ってきたそのバカに言ってやれ。憲法第二十一条をよく読めと。お前らは憲法に保障された表現の自由を侵害するつもりなのか？　芸術家としておれは断じて一歩も譲らん」

狂犬のように食ってかかっている男は、ニッカボッカーにドカジャンの、一見、建設作業員のような格好だが、長髪をポニーテールに結んでいて、どうやら「芸術家」らしい。その芸術家に木っ端公務員と罵倒された人は灰色のスーツを着て、泣きそうになっている。

「おれをヴィスコンティ三島と知っての狼藉《ろうぜき》かっ⁉」

「先生のご高名は重々承知しております。しかし……今のままではさすがに。お願いです。何もヴィスコンティ先生のお作を撤去しろとか、そういうことではないんです。ただ、ちょっと先生のほうにも妥協していただいて、駅前ロータリーが何よりも公共の空間であるということを、どうか御理解いただいて」

町役場の職員らしい男は泣き出さんばかりに大先生に平身低頭している。

「妥協？　神聖な芸術に妥協などありえん。そもそも何だ、貴様らのしでかしたことは？」

激昂《げきこう》した芸術家が銅像を指さした。

ちょっと見には、まあ普通の銅像だ。太い柱に手をかけた若い青年が、その柱のてっぺんをうっとりと見上げている。

銅像の青年はすらりとして背が高く、そこそこ筋肉質といった理想の体型だ。整った顔立ちが、銅像とは思えないほどリアルに再現されている。切れ長の目といい太い眉といい高い鼻筋といい、誰か特定のモデルがいることを強く感じさせる造形だ。

だが、駅前に建つ銅像として普通ではないのは、その青年の腰の部分と、柱の先端の部分が白い布ですっぽりと覆われていることだ。

「おれの作品を、まるでいかがわしいモノのように布で隠しやがって！　隠すから余計にイヤらしくなるんだろうがっ!?」

「でも苦情が……」

哀願する職員の姿はとても可哀想で、割って入りたくなるほどだった。だがヴィスコンティ先生の怒りはつのるばかりのようだ。

「だからそのクソみたいな苦情は誰が言ってるんだ！　どこのなんて野郎だ？　何十人だろうが何百人だろうが、ひとりずつおれが論破してやる！」

名前を言えと迫る芸術家に、気の毒な職員はへどもどしながら答えた。

「いえ、何十人ということはありませんので……実をいうとただお一人で、女性の、大学の先生をされている方なので」

「なんだ？　女だ？　そいつはどこの大学の、なんてアマだ？　教えろ！」

「それは無理です」

個人情報なのでと、町役場の職員はそこだけは一歩も譲らない。

「卑怯《ひきょう》じゃないか？　匿名に隠れて人様の表現を潰そうという、その了簡《りょうけん》が気に食わん。物陰から石を投げるような真似をして、恥ずかしくないのか！」

「決して先生のお作を潰そうなどとは……そもそもその方の要望は、銅像の撤去、それ以外に考えられないとの強硬なものだったのですが、それをなんとか説得して……」

と、ここで職員は少し胸を張り、どや顔になった。

「私どもの妥協案として、このように作品の一部を覆うという解決策に落ち着きました。これで皆様全員の御理解が得られるものと」

「得られねえよ！　おれの作品にこんな腰巻きみたいなのをして、どういうつもりだ？」

バカ野郎べらぼうめ、と江戸っ子の啖呵《たんか》を切りそうな勢いでヴィスコンティ先生は激昂すると、青年像の腰部をおおっていた白い布を思いっきりひっぺがした。

途端に、この争いを遠巻きにして見ていた観光客や町の住人たちから「おお～っ」というどよめきが上がった。

「あっ、困ります！」

狼狽《うろた》える公務員に芸術家はさらに逆上した。

「何が困る？　これが猥褻物《わいせつぶつ》だとでも言うのか？」

「……しかしやなあ」

この光景を見物していた黒田が言った。

「あれはワイセツ言われてもしゃあないデ」

黒田はわくわくする表情を隠しもせず、ウキウキした口調で言った。

まわりからも声が聞こえてくる。

「ちょっと……あれはねえ」

「そうよ。子供だって見るんだし」

ヒソヒソしているのは年輩の女性たちだ。

颯跋祭目当てと思《おぼ》しき観光客たちの声も聞こえてくる。

「あら、すごいモッコリ」

「美青年だけどあそこも大きいのねえ」

「メンズモデルでしょ。ヴィスコンティ三島センセイお気に入りの……ホント、一度でイイから、ああいうイケメンとまぐわってみたいものだわ」

「およしなさいよ。カレ、完全なノンケですって」

「じゃあセンセイは完全な片思いなのね。お気の毒」

「ついに理想のミューズを見つけたとか、おれのヘルムート・バーガーが、とかセンセイ、二丁目では会う人ごとに画像を見せて、自慢しているのにねえ」

ゲイの人たちの会話はレベルが高すぎて、おれには理解できない。

だが腰を覆っていた白い布が取り去られて白日のもとに晒《さら》されたのは、青年のあまりにリアルで巨大な、アレだった。

そこに存在する男根が、異様なまでに大きさも質感も強調されていることは、誰が見ても紛れもない真実だ。

「これのどこがワイセツなんだ？　え？　言ってみろ、あんた。ギリシャ彫刻以来の人類の芸術の歴史を完全に否定する気か？」

「いや、その……やはり、局部を強調するというのは、公共空間における表現としては」

「強調なんざ断じてしてねえ！　いいか、お前は見たことがないから知らないだろうが、このモデル……おれのヘルムートの『局部』はな、これが自然の大きさなんだよ！」

ありのままの描写のどこがワイセツだ、冒瀆《ぼうとく》だ、モデルに対する人権侵害だ、差別だ、ワイセツと主張するなら明確な基準を示せ！　と芸術家は怒りをエスカレートさせているが、おれには訳が判らない。

普通なら一目見れば判る、この像のヤバさが、なぜこの人には判らないのだろう？

「……まあなあ、百歩譲って、誰や知らんが、あのモデルの兄ちゃんのナニがやで、それも臨戦状態とちゃう、フツーの状態であの大きさとしてもや、あれを駅前で公開するのはマズいやろ。美術館ならまだしもや」

新宿二丁目に設置するなら泣いて喜ぶ人らはようけおるやろけどな、と黒田は嬉しそうに言った。我が社長は揉め事が大好きなのだ。

しかし、芸術家・ヴィスコンティ先生はますます意気軒昂《いきけんこう》だ。

「腰布だけじゃない、こいつも意味不明だ」

彫刻の、太い柱状の部分の先端を覆う布も、芸術家は取り去ってしまった。

さらなるどよめきが、おれたちを含む野次馬から上がった。

「柱」の、いわばサオの部分、微妙に膨らみ、血管のような筋が浮いた中ほどの部分を見て、薄々予想していたことではあったが……思ったとおり、「作品」のてっぺんに再現されているのは、スモモのようなハート型のような……要するに見事にカリの張った「亀頭」そのものだった。

「これは男なら誰でも生まれながらに持っている自然の身体の一部じゃないか？　なぜこれをワイセツと呼ぶ？　隠さなきゃならない理由はなんだ？」

男性差別だ、と芸術家は息巻いた。

「無茶言いよるデ。あれを隠さんでエエのなら、世の中が露出狂で溢れてまうわ」

この黒田の言葉を大先生が聞いたら激怒しそうだが、町役場の職員は哀願するばかりだ。

「あの……世の中の基準が変わりつつあるのでして……ご存知とは思いますが、川崎の、あの有名な『かなまら祭』でさえ……ええと、『ご神体』のですね、その、先端部分はこのように布で覆ったうえで神輿巡行を実施しているのが実情で……どうかここはポリコレにも留意ご理解していただき」

「ま〜たお前らのポリコレ棒か。正義の名のもとに表現をぶん殴っていいのか？ ここは川崎ではないし、ミケランジェロが生きていた頃のバチカンでもないぞ？」

芸術家はますます訳の判らないことを言い募っている。

「川崎の『かなまら祭』ならワシも露天商の手伝いに行ったことがあるけどな」

黒田がおれに言った。

「ご神体はたしかに男のアレそのまんまやったが、あそこまでリアルな作りちゃうデ。もうちょっとチンコをデフォルメして愛嬌《あいきょう》があった。やっぱりこっちは、アウトやろ」

芸術作品の一部を布で隠すなど言語道断、そのくらいならいっそ撤去しろ！　イヤおれを殺せ！　首を刎《は》ねろと、ヴィスコンティ先生はさらにヒートアップして、いやそれは困りますどうか颯跋祭の間だけでもお願いしますと哀願する町役場職員との押し問答はまだまだ、果てしなく続きそうだ。

　決まり文句を繰り返すだけの町役人に対して、豊富な罵倒ボキャブラリーを繰り出してくる大先生は面白い。古舘伊知郎《ふるたちいちろう》のマシンガントークに匹敵する。しかし。

「ねえ黒ちゃん、こんなの見てたってキリがないよ。じゅん子さんがひとりで立ち寄り湯の店番をしているから、そろそろ行こうよ」

　あや子さんにそう言われた黒田社長は、あっさり折れた。

「せやな。みやげに颯跋温泉まんじゅう買《こ》うて帰ろか」

「温泉あるんすか、この町に？」

「昔は温泉があったんだって。かなり有名な観光地だったみたい。神社もあるし、あのお祭りもあるしで。だけど昭和の時代にポンプで汲みすぎて温泉は涸《か》れちゃったんだって。そしたら途端にこの町は寂れちゃって」

「栄枯盛衰。おごる平家は久しからず、っちゅうやっちゃな。しかし温泉が無《の》うなったのに温泉まんじゅうはあるんか。どうやって蒸《ふ》かしとるんや。詐欺やな！　ただのお湯で蒸かすんやったら、真っ赤な詐欺やで！　温泉詐欺や！」

＊

次の日の、立ち寄り湯併設「カフェ・ド・長寿庵」改め「スパ・ド・長寿庵」の店番は、あたし、あや子の番だった。

ほかの三人は颯跋祭の手伝いに狩り出されてしまったのだ。

「地域に溶け込むには祭りの手伝いをするのが一番や。いや、新参者こそ先陣を切って動かんとイカンのや」

黒ちゃんはそう言うけど、どうせ働くのは可哀想な飯倉くんに違いない。

その証拠に、飯倉くんはせっせとチョコバナナの仕込みをやらされている。

「要するに、土地の行事のお手伝いって、露店でチョコバナナを売ることなんだね？」

「まあそう言うな。露店あっての祭りやで」

黒ちゃんはそう言ってバナナを指さした。「颯跋祭に特化した特製のチョコバナナや！」

黒ちゃんの言うとおり飯倉くんは一本一本、バナナの先端に切れ目を入れさせられている。あきらかに普通のチョコバナナではない。

しかも「完成品」の見本は全体をピンクのチョコでコーティングしてあって、どう見ても「あれ」に似せたとしか思えない。

「ちょいリアル。これがミソや！」

「ねえ、こんなの売ってヤバくない？」

だがダーリンは自信を持って言い切った。

「バナナだけとちゃう。フランクフルトの先っぽにも、蛸《たこ》さんウィンナーみたよに切れ目が入っとってな、カリみたように彫りこんどる。アメちゃんもその形や。つまり、颯跋神社の境内で、颯跋祭の間に売るもんはよろずそれらしゅう加工せんとアカンのや」

じゅん子さんは巫女《みこ》のコスプレをしている。

「アホか！　コスプレちゃうで！　今日、じゅん子は巫女さんになるんや。ホンマもんの巫女のアルバイトやで」

じゅん子さんは、つややかな黒髪と面長の美貌が巫女の衣装によく映えていて美しい。

「ほな、行こか」

出かける前にじゅん子さんが、あたしに何かに「気をつけて」と言っていたが、あたしは良く聞いていなかった。

三人が祭りに出かけて、あたしは一人で店番を始めた。観光客も町の人たちも、今日はほとんど神社に行っているのだろう。だから客もほとんど来ない。あたしは特に着るものにも気を遣わずに、ぺらぺらのTシャツに赤いジャージという、田舎のヤンキーみたいな格好でだら〜っとテレビを眺めていた。

ところが午後になって若い男がやってきた。

かなりなイケメンだ。

「今日は、昨日いたヒトはいないんだよね。神社で巫女さんやってるのを見たから。いや、この蕎麦屋さんに美人が二人いるって、この町に来たときから目をつけてたんだ。立ち寄り湯、いいかな」

横柄な口調で、勝手知ったるナントカみたいに図々しく上がり込んでくる。なんとなくヤなやつだ。だけど、一応客商売だし、愛想よく接することにした。

「いらっしゃいませ！　ウチはお蕎麦を食べて貰わないとお風呂には入れないことになってますけど？」

「判った判った。後から食べるから」

男は強引に店内を突っ切って風呂に入って行った。しばらくして、「お〜いおねえさん、石鹸！」と怒鳴る声が聞こえた。

ウチは銭湯以下のサービスしかしないんだから石鹸ぐらい自前で持ってこいと思ったけど、「は〜い」と返事して厨房の油がべっとりついた石鹸を持っていった。

「ハイこれ、石鹸」

「お背中流しましょうか、とか言わないの？」

湯船に入っていた男は、ざばあと音を立てて立ち上がった。その股間には、立派なアレが聳《そそ》り立っていた。

「な？　おれのこれ、味わってみたくない？」

相手の男はいきなりあたしの肩を抱き寄せて胸に手を這わせてきた。

「お客さん！　ナニするんですか！」

あたしは慌ててその手を退《ど》けようとしたが、男の力はとても強い。

「大丈夫だよ。この店には君とおれ以外誰もいないんだ。楽しもうぜ！」

男の指があたしのバストの先端を捉えた。

「ナニすんのよ！　あたしには黒ちゃんという大事な」

「うるせーバカ！　お前みたいなイケイケのチャラい女が操《みさお》なんか立てるなっつーの。それより世界的なモデルのおれ、ヘルムート畑中に抱かれる方が一生の思い出になるぜ！」

「やめてってば！　あたしはそんなんじゃないんだから！」

お仕事でＡＶの撮影はするけど、それはあくまでお仕事。黒ちゃんと一緒に生活しているこの場で、好きでもない男に、そして仕事でもないのに、これ以上のコトをさせるわけにはいかない。

「だぁ～ら、固いコトを言うなって……」

図々しくも、うなじに唇を這わせてきた。その一方で手は胸を揉みしだき、もう片方の手では、あたしのお尻を撫《な》で回している。

「いいじゃねえか。減るもんじゃなし」

必死になって男を突き飛ばそうとしたが、逆に両方の手首を摑まれてしまった。

男はあたしを露天風呂の浴槽に放り込んだ。

ばしゃあ！　とお湯が飛び散った。

男もお湯に入ってきて、風呂の中で揉み合いになった。びりびりっという音がして、あたしは着ていたＴシャツを破かれてしまった。

Tシャツを一気に左右に引き裂いた男は、その勢いであたしのブラも毟《むし》り取った。

「うほほほ」

歓声とともにブラからまろび出た乳房を摑まれた。

「デカい乳しやがって！　思いっきり味わってやるぜ！」

おっぱいが絞り上げられ、先端を舌でぺろぺろと舐められた。ヤバい。乳首が立ってしまう。

「ほうら、硬くなってきたぜ！」

男は荒々しく息をはずませながら言った。

「こんな田舎であんた、このカラダを持て余してるんだろ。誰かいい男が来ないかしらと待ち構えてたんだろ。いちおう格好つけて、イヤだイヤだと抵抗してるだけだろ。もういいよ、そんな芝居するのは！」

文句を言うなあんたもヤリたいんだろ？　と当然のように言うので、あたしはマジで激怒した。だけど……悔しいけど、いいなりになるしかなかった。だってあたしはじゅん子さんみたいに護身術の達人ってわけでもないし……黒ちゃんもいないし。

「やめてよ！　これ以上のことをしたら、警察に行くからねっ！」

叫んだが、男は全然怯《ひる》まない。

「警察？　だけど警察に行ったら、何をされたかどんな事になったか、詳しくしつこく何度も聞かれるんだぜ。その上裁判になったら、法廷でも同じ事を証言しなきゃいけなくなる。それでもいいのか？　これからお前に、何をされたか絶対、口に出来ないような事をしてやるけどな」

男はあたしのジャージを、パンティもろとも下に降ろしてしまった。

「さんざんヤリまくってるくせに、いちいち騒ぐんじゃねえっ！」

そう言ってあたしを浴槽の外の洗い場に連れ出すと、上からのし掛かってきた。

相手はマッスル男なので、上になられると重くて身動き出来なくなる。

それをいい事に、野獣と化した男は、あたしの太腿《ふともも》を撫で回した。

「正直になれよ。あんたも、このおれにグイグイ姦《や》られたいって思ってるんだろ？」

男はそんな事を言いながら、妙にざらついた手で、あたしの太腿をまさぐってきた。内腿の柔らかさを確かめるようにつねったりしながら、じわじわと撫で上げてくる。

「いいから言うことをきけよ。あんただって殴られたりしたくないだろう？　可愛いその顔がミンチになるぜ？」

男に物凄く怖い目をして脅されると……不覚にも全身から恐怖で力が抜けてしまった。

指がとうとうあたしの秘部に当たった時は、嫌悪のあまり失神するかと思った。

「ひひひ。感じてるじゃねえか。いいか。最初は強姦《ごうかん》でも、感じてしまったらそうじゃないんだ。訴えてもダメなんだぞ。裁判でも勝てないぞ」

改めて怒りがマックスになった。「感じてる」と思われたのがマジで悔しい。女の躰って、感じてる感じてないに関係なく、躰を保護するために濡れるんだよ。それも知らないこのクソバカに好き勝手されるなんて。

だけど、相手のバカは脳天気に、指先であたしのあそこをしつこく弄《いじ》っている。くちゅくちゅという イヤらしい音が、昼下がりの露天風呂に響いた。

「！」

ついに、指先がクリトリスに触れた。

ずきっとくるような鋭い感覚があたしの背筋を走った。脚を閉じたくても男の強い力でどうにもならない。

どうしてあたしがこんな目に遭わなければならないのっ！　力だけは強いこんなバカに。

しかし男はあたしの怒りなんか関知せずに、大陰唇を指で左右に広げて、秘部をさらに剝き出しにした状態で、じわじわと敏感な部分を責め上げてくる。

「じゃあ、そろそろ戴くぜ」

憑かれたような表情であたしのバストを凝視しながら、のしかかってきた。

さすがに若い男のナニは迫力がある。鋭い角度で屹立《きつりつ》したソレが、黒ちゃんにはない獰猛《どうもう》さで迫ってくる。

その先端が、あたしの秘腔《ひこう》を捉えて、ぐぐぐっと……。

入ってくると思ったら、その直前、「ああああ」とヘンな声がした。

「くそう！」

男の悔しそうな声が露天風呂に響いた……と思ったら、生温かいねっとりしたものが、アソコに垂れ落ちるのを感じた。

それで、判った。

バカ男は、寸前で暴発してしまったのだ。

「あんたがいけないんだぞ！」

何故か男はあたしに怒った。

「あんたのカラダがイヤラシすぎて……ヨガる声もセクシーすぎて……」

「別にヨガってないから。早漏すぎて勝手に暴発したの、あんたじゃん！」

あたしはここぞとばかりに男を糾弾した。

「怒るなよ。入れて貰えなくて悔しいんだろ」

「悔しいわけないじゃん。あんたみたいな脳味噌海綿体に姦られなくてホッとしてるし、カッコつけたワリに暴発したのがホント、めっちゃカッコ悪いから笑ってあげてるんじゃん！」

男は洗い場に座り込むと、もう一回戦やろうと自分でシゴキ始めた。しかし、未遂に終わったショックのせいか、それが再び蘇《よみがえ》ることはなかった。

未練がましく恨みがましく男はあたしに言った。

「だけどさあ、おれの、デカいだろ？　さっきはもっとデカかっただろ？　芸術家の先生だって、おれのナニはいいシェイプをしてる、最高のフォルムだと褒めてくれるんだぜ。デカい男はいくらでも居るだろうけど、おれみたいな『美チンポ』の持ち主は、そうはいないぜ？」

「いくらカッコよくても性能が悪くちゃね」

もっと嘲笑してやろうかと思ったけど、それだと本心ではレイプされたかったように誤解されるので、控えることにした。

「まあおれは、モデルで俳優だからね。格好が大事なのよ。有名な芸術家の先生にも惚れられてるんだし。だけどおれはホモじゃないからなあ。先生の期待には応えられないんだよねえ」

心底、どうでもいい。

虚勢を張るようなことを言っていた男だが、だんだんバツが悪くなってきたらしく、脱衣場に行くと、そそくさと服を着始めた。

「ところでさあ、さっきの思い出に、おれの画像要らない？　顔は映ってないけど」

男はＵＳＢメモリーをポケットから取り出すとあたしに押しつけてきた。

「やるよ。恥ずかしがらなくていいって。これを見ておれとのセックスを思い出すといい。一生のオカズになるだろ？」

どこをどうすればここまで自分大好きな勘違いが出来るのだろう？　この男の脳内では「セックスをした」ことになっているようだ。

男がいなくなったあと、あたしは激しい怒りと後悔と……そしてなんだかよく判らない悔しさで呆然としていた。

アレ自体は未遂でレイプはされなかったとはいえ、それはアレが入ってこなかっただけであって、タダでヌードを見られたわけだし、カラダの自由は奪われたんだし、揉まれたし舐められたし、弄られたし……。

だけど、この事は泣き寝入りするしかないんだろうか？

黒ちゃんに知らせることはできない。

これを黙って済ませる黒ちゃんではないし、そうなると警察沙汰になる。それは困る。

……でも。やっぱり腹が立つ。

どう考えても、あんな自己愛過剰系バカ男を野放しにしておきたくない！

＊

神社の境内でおれと社長はテキ屋に扮《ふん》してチンコ型のチョコバナナを売りまくり、じゅん子さんは巫女に扮しておみくじやお守りを売りまくって……くたくたになって帰ってくると……。

留守番していたあや子さんの顔色がなんだか悪い。目に涙をいっぱい溜《た》めて、すぐに二階の自室に籠ってしまった。

社長は、「なんや、一人で留守番させたから機嫌が悪いんか。コドモやのう」と無神経なことを言ったし、おれも日頃のあや子さんの性格からして虫の居所が悪いだけだろうと思っていたのだが。

それからしばらくして……。

黒田社長はイビキをかいて寝てしまった。

おれの寝場所は蕎麦屋の土間なので、そこに寝袋を広げようとしているところに、あや子さんがそっとやってきた。

「ねえちょっと、話があるんだけど」

いつになく、あや子さんは真剣な表情だ。

「これ、黒ちゃんには絶対知られたくないから、飯倉くんに相談するんだからね、黒ちゃんに漏らしたらぶっ殺すよ！」

あや子さんは怖い顔でおれを脅してから、深刻な話をおれに打ち明けた。客にレイプ寸前までのことをされてしまった、と言うのだ。

「え〜。そんなことが……」

「未遂だけどね。未遂だからいいって事じゃないでしょ？　されたことはもう仕方がないとは思う。いくら相手を半殺しにしても、されたことは消えないんだから……だけど」

　あや子さん自身、どうしたいのか良く判っていない様子だったが、おれに話すうちに考えがまとまったようだ。

「ああいう舐めた真似をしてタダで済むと思ってる、そこが一番許せない。女なんか誰でも好きにできるって絶対に思ってる。あの勘違いバカに死ぬほど思い知らせてやりたいのよ！　そう。これが結論。ただし、黒ちゃんには絶対に内緒で」

　そう言われても、おれには、どうしたらいいか判らない。黒田には知られずに復《ふく》讐《しゅう》をするなんて。

　迷った末に、おれはじゅん子さんに相談した。あや子さんは飯倉くん以外の誰にも知られたくないと言っていたけれど、どうしたらいいかまったく判らないのだから仕方がない。

　じゅん子さんはあや子さんから直接、レイプ男の人相風体を事細かに聞き出した。

「その男、知ってる。私を襲ったのと同じクソ野郎に間違いない！」

「えっ」

　初耳だ。驚くおれたち。

　じゅん子さんは怒りの表情を浮かべつつ、あや子さんに謝った。

「ごめんなさい。私が襲われたこと、きちんと話しておくべきだった。まさか……昨日の今日でまた来るなんて思わなかったから」

じゅん子さんは謝りつつ、ノートパソコンを取り出し、ネットにつないで素早くキーボードを叩いた。

「誰だか判ったわ。コイツでしょ？」

ディスプレイに表示された男の画像を見たあや子さんも、「コイツよ！」と声を上げた。

「ヘルムート畑中こと、畑中勇太郎！　イケメンだけどおバカで売ってるチャラ男ね。テレビでは人畜無害なただの天然、またある時は世界的芸術家のお気に入りモデル、しかしてその実体は……鬼畜外道のレイプ野郎！」

毎度のことながら、じゅん子さんは仕事が早すぎる。

「あの男から貰った画像ってヤツを見せて」

あや子さんが差し出したＵＳＢメモリーの中に入っていたのは、その畑中勇太郎の、下腹部までが丸出しの全裸写真だった。

じゅん子さんは、そのデータをパソコンに取り込んで何やらやっている。

「これをネットに晒してやる！」

「いやしかし、じゅん子さん」

おれは慌てて止めに入った。

「こんな、あそこモロ出しのすっぽんぽんの画像、いくら男のものでも、ネットにあげていいんすかね？」

「いいのよ。これをアップロードするのは、『ある傾向の人たち』が集まるクローズドな場所だから。今、私が書き込んでるのも、その種の性的嗜好の人が集まってる掲示板なの」

そんなところに入り込めるのも、じゅん子さんお得意のハッキングのなせる業か。

と、思ったら、じゅん子さんは今度は横文字をパタパタと打ち込み始めた。

「今度は英語っすか？」

「ああ、これはね。今回のこととは無関係。去年からずっとやってることだから」

民主主義を守るためよ、とじゅん子さんは意味不明なことを言う。

「あんな男に大統領をやらせておくわけにはいかないのよ」

大統領？　どこの国の？

まさかそれが現在の状況に関係があるとは、その時のおれは夢にも思わなかったので、じゅん子さんが英語でどこやらに書き込んでいた件はそれっきり忘れてしまった。

それはともかく。

じゅん子さんの考えた報復措置は、勘違いレイプ男・ヘルムート畑中こと畑中勇太郎を「その系統の方たち」への人身御供《ひとみごくう》にすることだった。

幸い手元には勇太郎があや子さんに渡した画像入りのUSBメモリーがある。その、顔は映っていない全裸画像にイケイケなコメントをつけて、その方面の特殊な掲示板に投稿した。

『オッスオッス。見てもらえれば判ると思うけど、おれ、モノには自信あるんで。逞《たくま》しい兄貴たちに襲われるのが夢っす。おれはノンケって設定で、最初無茶苦茶抵抗するんだけど、多勢に無勢、ついに屈してしまうというシチュにしか燃えないんで。寄ってたかっておれの自慢のナニをシゴかれしゃぶられ、兄貴たちの男汁をぶっかけられガンガン掘られるという、おれのファンタジー、叶《かな》えてくれる兄貴たちはいませんか？　場所は露天風呂が希望。貸し切りのアテがあるんで、場所と日時は追って連絡するっす。ヨロシク』

じゅん子さんがそれを投稿すると、瞬くうちに反応が溢れ出た。

「目論見《もくろみ》通りね」

じゅん子さんは不敵な笑みを浮かべた。

「次は、あや子さんの名をかたって畑中勇太郎を誘《おび》き出せばいいのよ」

じゅん子さんは、畑中があや子さんに渡したメモリーの中に入っていたメアドに、熱いメールを送った。

『あの時嫌がっていたけど、あれは恥ずかしかったから。アナタが未遂だったのは本当に残念だった……あの時キツいことを言ったのも、素直になれなかっただけ。でも、思い返すと、私のアソコが熱くなって……もう一度、今度はきちんとあなたに抱かれたくなって……どうしようもなくなって……一人で慰めちゃった。だから……また会いに来て！　すぐにでも……っていうか明日！』

「う～ん。おれだったら、仕事を放り出しても飛んでいきますね」

そのメールの文面を読んだおれは、つい、あや子さんの大きな胸を見て言ってしまった。

その次の瞬間。

目から火が出た。あや子さんに思いっきり平手打ちを喰《く》らったのだ。

「飯倉くん。アタシを舐めてたら大変なことになるよ！」

「そそそ、そんなことは言われなくても判ってます！　まだ死にたくありませんから！」

あや子さんも怖いが、その背後に控える黒田が怖い。嫉妬に狂った黒田社長は、おれをただ殺すのではなく、じわりじわりと拷問して殺すだろう。例えばゆっくり進むローラーにおれを挟むとか、冬眠前の熊に襲わせるとか、足の指から順番に切り刻むとか……。

「あ！　飯倉くん、失禁してる！」

あや子さんの声で我に返った。おれは、想像しただけで恐怖の余り、お漏らしをしてしまったのだ。

＊

その日のうちにすべての段取りが整って、翌日を迎えた。

畑中とのやりとりで決まったのはお昼の十二時。そして「レイプ願望のある隠れゲイ」とのプレイ目当てにやって来る人たちには、十二時三十分を指定した。

「さ、社長。昨日はテキ屋の仕事でお疲れでしょう！　今日は温泉にでも行ってゆっくりしてきてください」

黒田が居ては作戦の支障になるので、おれたちは社長をさっさと外出させようとした。

「まあな。昨日は立ちっぱなしやったから疲れたわ。ほたらあや子、温泉入ってメシ食うてまた温泉入って、だら～っとしてこよか」

あや子さんはこの作戦に囮《おとり》として必要なので、送り出すわけにはいかない。レイプ男・畑中勇太郎の餌になって貰わないと困るのだ。

「アタシ……残念だけど生理になっちゃったから……お風呂入れないの」

「ンなもん、タンポンすりゃ風呂でもプールでも行けるやろが！」

「もう、黒ちゃんは女のデリケートな部分が全然判らないんだから！」

「ほな、風呂は止《や》めてメシだけ食えばエエ」

「今日はそういう気分じゃないの」

あや子さんは口を尖らせて言った。

「ほたらワシも行かん。今日は小上がりでゴロゴロするワ。どうせ客は来《け》ぇへんやろ？」

黒田は外出しないと言いだした。

時間はすでに十一時半を回っている。そろそろ畑中が来てしまう！

「やだ黒ちゃん……男のくせにヘソ曲げたりして。飯倉くんたちが労《いたわ》ってるの、判らないの？　そういうの、あや子好きじゃないもん」

あや子さんにそう拗《す》ねられてしまうと、黒田は弱い。

「そうか……そらしゃあないなあ……残念やが、一人で行ってくるか」

やっと腰を上げた黒田が出ていったのは十一時五十五分。ギリギリの時間だった。

「おのおの方、万事ぬかりなく」

じゅん子さんが言いおれたちも悪ノリした。

「大博打《おおばくち》の始まりじゃあ！」

「負ける気がせん！」

おれとあや子さんは持ち場に散った。

その五分後。

時間には正確な畑中勇太郎がやってきた。

「あ〜や〜子ちゃん！　エロいメール読んだよ！　当然だよね。おれのナニをひと目見たら、忘れられるわけがないものね！」

「待ってたわ！」

囮になるために、あや子さんは薄手の、ワンサイズ小さいピチピチのTシャツにノーブラ、そしてブルマーのようなショートパンツ姿で彼の前に現れた。

おれたちは物陰から成り行きを見守っているが、あや子さんはかなりエロい。

ぷるぷる揺れる大きなバストの先端が薄いTシャツを押し上げて、乳首も乳輪も完全に透けて見える。ハダカよりイヤらしい。

おれがそう思うんだから、レイプ魔の畑中はそれ以上に刺激を受けたに相違ない。ヤツはあや子さんをがしっと抱きしめて、いきなり唇を奪っている。

「これから三十分もあったら、完全に手込めにされてしまうわよ！」

おれの横にいるじゅん子さんは唇を噛《か》んだが、その目は責めるようにおれを見ている。

「なんで三十分も時間を空けたのよ！」

「いやいや、時間を決めたのはじゅん子さんですよ！」

「まさかあんな速攻で本題にはいるなんて……普通、ちょっと話をしてからとか」

「だってアイツはレイプ魔ですから」

あとはあや子さんのあしらいと、畑中勇太郎目当ての彼らが早く来ることを願うのみだ。もちろん、畑中が再び狼藉に及んだときは止めに入るしかないが。

「まあ、キスとかお触りまでなら仕方ないかしらね。オトナなんだし」

じゅん子さんは割り切りが早い。

蕎麦屋のカウンターの前で、あや子さんは畑中に抱きすくめられてディープキスをされている。男の手はノーブラ巨乳に伸びて揉みまくっていて……だんだんと下に降りていって股間を弄っている。

「ね？　お風呂入ってきて。アタシ、汗臭いのキライだから……」

「それじゃ一緒に入ろう。そして風呂の中でやろう。後ろからでも、前からでも！」

風呂に連れ込まれそうになったあや子さんが、物陰に隠れたおれたちに救いを求めて、目で訴える。だがじゅん子さんは非情にも「引き延ばせ」というサインを送った。

あや子さんは目を剝いたが、じゅん子さんは「延ばせ」とサインを送るばかり。

「判った……じゃあ、お風呂で待ってて」

「ナニ勿体振《もったいぶ》ってるんだよ。一緒に行こうぜ」

畑中はそう言うと、強引にあや子さんを抱き抱えて、露天風呂に連れ込んでしまった。

「どうします？　レスキューに向かいますか？　このままだと……」

おれは、じゅん子さんに訊いた。

「まだダメよ！　彼らがまだ来ないもの！」

「そんなこと言ってると、あや子さんが……」

ここで露天風呂に突入すると、じゅん子さんの筋書きが台無しになる。しかしこのままではあや子さんが、今度こそ、完全にレイプされてしまう……。

おれが思い悩んでいると、蕎麦屋の引き戸ががらりと開き、ドヤドヤとガタイのいい男たちが乱入してきた。

「いたぞ！　きみか！　おれたちに抱かれたいって書き込んだのは！」

颯跋祭のポスターに載っているようなマッチョなヒトたちがおれを取り囲んだ。

「読んだだけで勃っちまったよ。さあ、お望み通りのプレイをしようぜ！」

マズい。誤解されている。ゲイ専用掲示板に書き込んだのがおれだと思われている！

「うわ。や、やめてくれっ！」

おれは恐怖のあまり完全に凝固した。集団に襲われる女の子の恐怖が身をもって、まさに心の底から理解できた。

「きみはヤラれたいんだよね？　お望みどおり、おれたち全員で、腰が抜けるほどヤッてあげるよ！」

一斉に手が伸びてきた。おれはあっという間に身ぐるみ剝がされてしまった。

「た、助けて……」

頼みの綱のじゅん子さんを目で探した。しかし、無情にもその姿はない。露天風呂のほうに行ってしまったらしい。

「ご、誤解っす。おれにはそっちの趣味は」

「判ってるって。ノンケ設定で無理やりってのがイイんだろ？　いやよいやよも好きのうちってな！　希望どおりにしてやるよ」

彼らはおれの上半身といい下半身といい、手を伸ばして撫で回し、おれのナニを摑んでシゴキ始めた。

「いや、ホントに、マジにやめて……違うんですって。おれはそうじゃなくて」

蕎麦屋のカウンターに抱え上げられて横倒しにされたおれは、もう、完全に彼らのなすがままの状態になってしまった。なんせ恐怖でカラダがまったく動かないのだ。

もうダメだ。これも経験だと思って受け入れるしかないか。

そう覚悟を決めて目を瞑《つむ》ったとき……。

「ちょっと待って。これ、人違いよ！」

という声がかかった。

そう言って止めてくれたのは、颯跋祭のポスターを貼りにきた橘慎之助だった。

「全然抵抗できずに固まってるじゃない。これは、マジに嫌がってるのよ！」

彼のストップがかかったので、他の連中も手を止めた。

「もう可哀想で見てらんない。ウチの猫がね、獣医さんに連れて行くと診察台の上で固まっちゃうの。それを思い出しちゃって」

ほかの面々は不満そうだが、慎之助さんはなおも言ってくれた。

「誘い受け掲示板に書いてあったこととも違うわよ。あたしたちを誘ったヒトは、大勢に襲われて必死に抵抗するんだけど、それもむなしくヤラれちゃう、そういうシチュにしか興奮しないって。そもそもカラダに自信ありますって書いてあったでしょ」

「そうだ。そう言えば、全然違う」

彼らの中からも声が上がった。

「この子のはフツーよねえ。全然デッカくないし」

「粗チン寸前ってとこでは」

「何かがついてるだけって感じだし」

「やっぱり、人違いよねえ」

要するに、おれのナニが小さいので話が違うというわけだ。

安堵《あんど》するやら腹が立つやら……こんな粗チンでも一応、童貞じゃないんですけどね！

「誤解があったようですけど」

ここでじゅん子さんが現れた。

「皆さんをお誘いした人物は、この奥の露天風呂で、身を清めて待機しております」

おおお、とどよめきが上がった。

「よかった！　こんな極小粗チン男で我慢しなくて！」

「マツタケ奉書焼きの前に、エノキのホイル焼きで妥協しちゃ駄目よねえ」

誰がエノキやねん！　と反論したいが、あらぁせいぜいシメジでしょと笑われそうで、何も言えない。

とりあえずあや子さんを救出しなければならない。

「皆さん、露天風呂はこちらです！」

おれは全裸に剝かれたまま、カウンターから降りて面々を誘導し、大声で怒鳴った。

「あや子さん！　逃げろ！」

掘っ立て小屋の露天風呂から全身ずぶ濡れでTシャツは完全にスケスケ状態のあや子さんが飛び出してくるのと入れ違いに、面々が風呂場に突入した。一応おれも後に続いた。

「コイツだコイツだ！　チンコがデカいぞ！」

ニセ岩風呂の中で早くも全裸になりペニスをおッ勃てている畑中勇太郎は、あっという間に面々に囲まれてしまった。

「すごい！　噂どおりの巨根じゃないの！　金精様のご神体もびっくりよね」

面々は畑中のナニを見て狂喜乱舞している。

「な、何だお前らは？」

鳩《はと》が豆鉄砲を喰らったように目を丸くして畑中は茫然自失している。

しかし、面々が一斉にジッパーを降ろし、下半身を剝き出しにするに及び、ようやく自分が置かれた立場が理解出来たらしい。

「いや、おれはそういうんじゃないです！　勘弁してくださいっ！」

ヘルムート畑中こと畑中勇太郎は、がばっと正座して両手をつき、土下座した。

「そのケはまったくないんで！」

しかし、面々はいっそう盛りあがった。

「そういうプレイなのよね。あんた書いてたじゃない。無理やりにヤラれてみたいって」

「そうよそうよ。女だって無理やりにやると喜ぶ、最初は必ずイヤだというけど、それは本心じゃない。それが証拠に突っ込む時には、あそこはどろどろだって」

彼らはそう言いつつ、畑中に迫っていく。

「何のことか判らないけど……おれはそんなこと、書いた覚えはまったくない……いや、たしかにおれが突っ込むときには、女のアソコはいつもどろどろに濡れていて」

「なーに訳の判んない事言ってるのよ！」

橘慎之助のひと言が号令となって、面々は畑中に襲いかかった。

何本もの男たちの手が一斉に伸びてきて、畑中のナニは不覚にも一層勃ってしまった。

「何これすごい。ねえ言ってほしい？　イヤがっていてもカラダは正直だなって」

「お約束のセリフだけど、盛り上がるわよねえ」

畑中の口に、なにかが突っ込まれた。それはフランクフルトでもなくバナナでもなく、所謂《いわゆる》ひとつの、いや、複数の男根だった。

無理やりしゃぶらされているのは一本だが、おぞましいことに何本もの一つ目小僧が、畑中の顔のまわりを取り囲んでいる。

いやいやと左右に顔を振ったが、彼らは容赦しない。

「ほらほら、正直になりなさいよ。あたしたちのコレが欲しいんでしょ？」

ぺちぺちと頬を叩かれた。興奮しきったナニの先端からは透明な液体が溢れている。

やめてください、と哀願したが、口の中が一杯でうまく言えない。

「何？　今なんて言ったの？　ハメてください？　イヤらしいわねえ。今すぐハメたげる」

「裏返そう」

「お尻を突き出させるのよ！」

大勢にいたぶられ、簡単に裏返されてしまった。肛門《こうもん》におぞましい肉塊が当てられる。

「キレイなお尻の穴ねえ。まるで処女みたい！」

だからそこはまだ……と叫ぼうとしても、うまくいかない。男たちに自慢のあそこがしごき立てられ、心ならずも呻《うめ》いてしまったのだ。しごくその手が男のものだと思うと、おぞましさと表裏一体となった快感が襲ってくる。

肛門に見知らぬ男のカリが侵入し、畑中が強制的に射精させられそうになった、まさにその時。

四つん這いにさせられていた簀の子が、ふいに傾いた。ごごごという地響きと共に、露天風呂全体が激しく揺れた。

「地震だ！」

立っていられないほどの強い揺れに全員がしゃがみ込み、身を伏せた。

バラックというか、ただ組み立てただけの屋根が簡単に崩壊して落ちてきた。ドリフのコントのセットのように、ベニヤの壁も四方に広がるように倒れ、発泡スチロールのニセ岩風呂がバキバキと割れて粉々になった。

「な、何すかこれ？」

「地震に決まってるでしょう！」

いやしかし、それは地震ではなかった。

露天風呂全体が、まるでどこぞの地下鉄工事現場のように、大規模にどこまでも陥没していくのだ。

「やだ助けて！」

「あたしたちまだ死にたくないわよ！」

それは、魑魅魍魎《ちみもうりょう》が罰せられて地中深く吸い込まれていくような、悪夢のような光景だった。

「ああ、神さま！」

一同のその叫びが天に聞こえたのか、おれたちを含む全員が乗った地盤の沈降が、やっと止まった。

「た……助かった……」

「大丈夫か？　怪我《けが》はないか？」

蕎麦屋の裏庭全体が、さながら地盤沈下を起こしたかのように、スッポリと、大きな穴のような形に落ち込んだのが判った。

「アナは好きだけど……こういうのは怖いわよねえ」

幸い誰にも怪我はなく、ホッとして冗談が出たのを怒るかのように、次の異変が起きた。

地中から勢いよく何かが噴き出したのだ。

テーマパークのウォーターショーさながら、穴の底から物凄い勢いで液体が噴出し始めていた。

「ちょっと、何かが湧いてきたわよ!」

「石油かしら?」

「いや、熱いぞ! 温泉だ!」

「逃げろ! 穴から出ないと、溺れ死ぬぞ!」

一同が、命からがら穴から這い出ると……。

みんなの頭上に、ざばざばと熱い液体が降ってきた。

それはあたかも、映画「ジャイアンツ」でジェームズ・ディーンが油田を掘り当てて原油を全身に浴びたような光景だった。

ただ、おれたちが浴びているのは、源泉掛け流しの温泉だったが……。

「おおおおお! こらえらいこっちゃ!」

いつの間にか帰ってきていた黒田が、頭から源泉を浴びて、歓喜の表情を浮かべている。

「わしが温泉に浸かって帰ってきたら、裏庭に温泉が湧いとるとはな。ヘソが茶を沸かすとはまさにこのことや!」

自己愛系レイプ男の畑中勇太郎は、一連のショックで完全にインポテンツになった。どういう心理的作用か、劣情を催し、興奮した途端に萎《しぼ》んでしまい、肝心なときに役に立たなくなってしまったのだ。

畑中の雄々しいペニスを買っていた芸術家ヴィスコンティ三島は、まったく勃たなくなった彼に失望してモデル契約を解除。その後、畑中は芸能界からも消えた。

一方、ヴィスコンティ先生の手になる駅前の銅像の件は円満に決着した。

せっかくの銅像は撤去ということにはならず、由来を書いた説明のプレートをつけることで各方面と話が付いたらしい。

「よろず説明は大事やで。由来を知らんかったら二宮金次郎《にのみやきんじろう》の銅像かて『なんやこの歩きスマホの兄ちゃんは？』ちゅう話になるがな」

黒田の言うとおり、ＪＲ颯跋駅を出た瞬間「怒髪天を衝《つ》くナニとそれを見上げるモッコリ青年」が目に飛び込んできたら「なんじゃこりゃ」であろう。

熱海《あたみ》の海岸にある例の銅像が「女性を足蹴にするＤＶ男」にしか見えないのと同

じことだ。

銅像に添えられたプレートには金精神の由来、そして古来温泉が女陰にたとえられるところから、温泉が涸れないように金精神を祀るという謂《い》われが書かれている。

「かなまら様の霊験でウチの蕎麦屋に温泉が湧いた、いう奇跡も、ホンマやったら書いて欲しいところやけどな」

潜伏中とあって、蕎麦屋を統合型温泉リゾートに改築する計画を進められない黒田は残念そうだ。

「こうなったら東京でワシらを襲撃した敵の正体を、一日も早《はよ》う突き止めんとな」

とりあえず二十四時間、いつでも入浴できるようになったささやかな幸運におれたちが酔い痴《し》れているその時。古民家蕎麦屋の表では、ダークスーツにサングラスをキメた怪しい外国人が、中を窺うようにウロウロしていたのだが……それはまた別の話。

第三話　任俠《にんきょう》カジノ・ロワイヤル

「はいります」

賭場《とば》に、さあっと緊張が走った。

畳に白いサラシを巻いた盆茣蓙《ぼんござ》を挟んで、客が左右に向き合って座っている。

座の中央には、腹にこれもサラシを巻いた若い衆を両脇に従えた、片肌脱いだ美女が凛《りん》として座している。

藍色の紬《つむぎ》に、帯は白地の博多《はかた》献上。地味ななりが白い肌と艶やかな黒髪を引き立てている。丸い肩には鮮やかな緋牡丹《ひぼたん》の刺青《いれずみ》、そして小さくまとめた髪に珊瑚《さんご》の玉かんざしの朱色がきわだっている。美女は、ゆっくりと客を見回してからサイコロ二つを手にし、鮮やかな手つきで空中で壺《つぼ》に入れ、そのままカラカラと音を立てて振った。

そうして、白い布の上にさっと壺を伏せた。

「さあ、はったはった！　丁か半か、丁か半か」

客が手に持った木札を目の前の盆茣蓙に置く。壺に対して縦に置くか横に置くかで丁半を表すのだ。

「どっちもどっちも。丁方ないかないか」

この勝負は半のほうに賭ける客が多いが、両方の目が釣り合わないと勝負にならない。

最終判断を迫られる客の表情はタバコの煙に目を細めたり、マナジリを決したりと、真剣そのものだ。

「よござんすか？　……よござんすね？」

美女の鋭く気合いの入った声が響いた。

「揃いました！」

壺振りの美女は、鋭い目付きで客を見回して、わざと間をとる。この間合いで、ただでさえ張りつめた賭場の空気は、さらに緊迫の度を高めてゆく。

「どちらさんも、よござんすね？」

美女は客をもう一度見回してから、壺に手を触れた。

「勝負！」

その声とともに壺を開いた。

「シロクの丁！」

場内がどよめき、明暗が分かれた。

木札が回収されて、負けた客は天を仰ぎ、目を当てた客はえびす顔だ。

「お〜〜！　ワンダフル！　ファンタスティック！」

見物していたアメリカ人の観光客が拍手喝采した。美女の鮮やかな手際に感動したのかヒューヒューと口笛まで吹いている。

「ニュー・プレジデントがアトランティックシティに建てて潰したカジノにも行ったことがあるけど、ここはもっとクールね！　ビューティ・オブ・クラシック・スタイルね！」

興奮を隠さないアメリカ人観光客は、ジーンズとTシャツの上に浴衣《ゆかた》を羽織っている。

「そこのゲージンさん、ひとつ勝負は如何《いかが》でやしょう？」

「フーアーユー？」

「おれですか？　へい手前、飯倉良一と……名乗るほどでもねえ、ケチな野郎でござんす。わけあってこの賭場の黒田一家に草鞋《わらじ》を脱ぎ身過ぎ世過ぎをする身の上」

現在のところ腹にサラシをきりりと巻いた若い衆の役回り（ただし午後五時まで）であるところのおれは、丁半博打に興味津々の観光客にレクチャーをした。

「ディスイズ・ジャパニーズ・トラディショナル・カジノ。オッド・オア・イーブン、ユーノウ？　オッド・イズ・半、丁・イズ・イーブン。ベリーシンプル。ホワイ・ドンチュー・ベット？」

「オーアイガットイット！　ファンドと同じ。上がり相場にベットするブルと、下がりにベットするベアと同じね」

株価が「下がる」方に張る金融商品があるとは今の今まで知らなかった。

花札、手本引きなど、もっと高度な博打はあるが、この丁半はルールが簡単で単純明快だけに博打入門にもってこいで、外国人にもルールはすぐに理解出来る。

そしてショウアップされた賭場の見栄えもいい。

壺を振っている「緋牡丹のおじゅん」、ことじゅん子さんは我が「ブラックフィールド探偵社」の経理と実務を東京では仕切っていた。

おれたちは訳あって、総出でこの北関東の「任侠カジノ」のキャストを相務めている。

じゅん子さんの和装の華麗さに、折り目正しい仕草や口調、そしてキリッとした表情が、うっとりするほど格好いい。

　賭場の盆茣蓙に陣取るのは博打に参加している「客」だが、その背後にはギャラリー席のような場所があって、盆茣蓙前の空き席待ちの客や、勝負を終えて一息ついている客が見物している。その客相手に飲み物やスナックを売っているセクシーな女もいる。

「鉄火巻きいかがっすか～？　鉄火場生まれの鉄火巻き。博打のお供は鉄火巻きだよ～！」

　その女はシースルーのエロい襦袢《じゅばん》姿で色香を振りまきながら、鉄火巻きと日本酒の入った徳利《とっくり》をセットにした「賭場スナック」を売りまくっている。

　と、その時。

　障子がぱーんと勢いよく開くと、角刈りに着流しの、ガタイの良い侠客が登場した。黒田組の名入りの半纏《はんてん》姿。懐に手を入れて、なぜか鋭い目つきでおれを睨《にら》みつけている。

　その「ニラミ」だけで、恐怖の余りに、おれはチビってしまった。

　その侠客、黒田の親分は盆の上にあるサイコロをいきなり鷲摑《わしづか》みにし、指に力を込めた。

するとサイコロは真っ二つに割れて……中から重りが出てきたではないか！

「コラ飯倉！　おんどれは何さらしとるんじゃい。誰がイカサマやれ言うた？　ワシに恥かかす気か？　このボケカスアホンダラが！」

黒田の親分はそう怒鳴って有無を言わさずおれを足蹴にして顔や胸をさんざん蹴り飛ばすと、満場の客に頭を下げた。

「ただ今の勝負、この腐れ外道がとんだ心得違いからイカサマをしよりました。賭場での手目《てめ》働きは言語道断道路の横断、この世界では徹頭徹尾あってはならぬ由々しき咎《とが》でござんす。つきましてはただ今の勝負、なかった事にさせて戴くとともに、わしらの流儀にてこのケジメ、取らせて戴きやす」

おい、という黒田の号令で、たちまちのうちに指詰めの準備が整ってしまった。と言っても盆茣蓙に俎板《まないた》が載せられただけだが。

黒田の懐から、ドスが現れた。

「これで指詰めい！　今すぐじゃ！」

「え？　ええええ？」

おれは目を剝いた。

「い、今すぐ、こ、ここで？」

「そうじゃ。何度言うたら判《わか》るんや、このボケカスアホンダラが！」

話が違う、段取りが違うと暴れるおれを周囲の子分たちが抑え込み、おれの右手を掴んで俎板の上に押さえつけた。

裸電球に、ドスの刃がきらりと光る。

「うわ〜！　た、助けてくれ！」

おれはパニックになって、失禁した。

「オ〜ノ〜！」とアメリカ人の客が悲鳴を上げた。

「クルーエルティ！　虐待ね！」

と、その時。

外で怒鳴り声と何かが壊れる音がした。

警察のガサ入れか？　いやここはカジノだからそれはない。だとしたら……。

客が逃げようとする間もなく障子が開き、男たちが乱入してきた。全員が着流し姿、あるいはサラシを巻いた褌姿で、手に手に長短のドスを引っさげている。

「出入りや！　商売敵の天竜《てんりゅう》一家がカチコミかけてきよった！」

黒田が叫ぶと、大乱戦が始まった。

襲いかかる敵を、我が親分はバッタバッタと斬り捨てていく。黒田の武器はおれの指を詰めようとしていた短いドス一丁。子分たちも長ドスや短ドスを振り回している。

やがて我が方の優勢が明らかになった。敵の天竜一家の連中は首や腹を斬られ、夥《おびただ》しい血を噴き出しては次々に倒れていく。

文字通りの阿鼻叫喚《あびきょうかん》。

純白の盆茣蓙が真っ赤に染まっていた。

戦いに参加していない子分は、客を「こちらへ」と誘導しているが、賭場は狭いし通路も細いので先がつかえてなかなか進まない。

突然、黒田に追い詰められた天竜一家の若頭が、おれの方に向かってきた。

「やっ、やめるっす！」

こっちに来ないで！　頼むから、という内心の叫びも虚《むな》しく、おれは後ろから羽交い締めにされ人質に取られてしまった。

「やい黒田！　おれを斬るか？　斬るならおめえの子分の命はねえぞ」

おれは喉元にドスを突きつけられて、生きた心地《ここち》がしない。指は無事だがこのままでは命がない。しかし我が親分がおれを助けてくれるとも思えない……。果たして。

「ほんまに肝心な時に足を引っ張るドン臭いやつやの。そんな餓鬼、助ける値打ちもないわい！　ええもう邪魔くさいわっ！　お前ごといてまうデ！」

重ねて四つや！　と我が親分がおれに斬りかかってくると同時に、それまで耐えに耐えてきたおれの恐怖も限界を超えた。

目の前が真っ暗になった。

＊

暗黒の中でおれはひたすら頭を捻《ひね》っていた。

そもそもイカサマをしろと言ったのは親分の黒田なのだ。ああそうか、バレないようなイカサマをしろという意味だったのか。そんなの巧くやる自信はない。必ずバレる、絶対に無理と言ったのに……だけど、それをいうならイカサマは全然バレていなかったぞ……。

それに……商売敵って何のことだよ？

とりあえずカジノは今のところ、この町ではウチだけだ。ロードサイドの、廃墟から復活したパチンコ店だって、ここと経営は一緒の筈《はず》なのに……。

ざばあ、と音がして、おれの全身に水が浴びせられた。

「もう終わったで、飯倉。いい加減、目ェ醒《さ》まさんかい！」

おれが目を開けると、桶を手にした親分、こと黒田社長が立っていた。

「済まなんだな、飯倉。けど大事な口開けのショーやさかい、お前が本気で怯える画ェ《え》が欲しかったんや」

血も涙もない完全主義の映画監督みたいなことを黒田は平気な顔で言ってのけた。

「これからのショーでも指詰めはやってもらうが、トリックを使うから安心せい」

黒田はニセモノの指を出してみせた。

「人体切断マジックと一緒や。お前は怖がるフリだけしとけばエエ」

これをこう装着して、と不気味な肌色の、シリコンの物体をおれの指に装着した。

「ここに血糊《ちのり》が仕込んであるさかい、このニセ指をぶった切ったら血がドバッと出る。ウケるで！」

「けどおれ、血を見ることと刃物が超苦手で」

「そこがええねん。カジノのショーは本気のエンタテインメントやさかい、緊迫感が必要なんや。お前が本気でビビればビビるほど、リアルになるやないかい！　全部芝居や。ショーや」

だが社長の言うことは、今までの経験上、全く信用できない。間違って指を落とされてしまうのではないかという危惧は拭えない。

だがそんなおれの疑念などどこ吹く風で、黒田はさらに力説した。

「カジノ特区で出来たウチは世界のカジノ界では新興や。新参者や。派手なことをして目立たなアカン。ルーレットやスロットマシンやバカラでは差別化が図れんのや。ここは日本伝統の賭場、鉄火場しかない。売りは太秦《うずまさ》映画村や日光江戸村もビックリの、本気の『イカサマショー』と『出入りショー』や。それを勝負の合間に挟んで盛り上げンねん」

とは言っても、おれたちはアトラクションのキャストが本業ではない。黒田を社長とする探偵が本業のブラックフィールド探偵社の社員だ。東京の事務所が大掛かりな襲撃に遭い、命からがら北関東のこの土地まで逃げてきたのだ。

潜伏している関係上、地元に溶け込んで地元に貢献しようと温泉を掘り当てたり、お祭りに参加したりしてきたのだが、ここにきて突然、「カジノ特区」法案の成立を受け、この町にカジノを作って地域振興を図ろうではないかという気運が盛り上がった。

ここ、T県颯跋《さつばつ》町を選挙区とする与党議員が某愛国団体の実力者であり、首相官邸の覚えもめでたいところから、カジノ特区の認可は超スピードでおりた。そこにすかさず黒田が「その筋の専門家」としてマネージメントを売り込んだというわけだ。

この賭場は正確にはカジノではなく「統合型リゾート」ということになっている。つまり老若男女が楽しめる娯楽施設ということだ。その結果、出来上がったテーマパークのような代物が、この「ジャパニーズ・トラディショナル・ヒストリカル・カジノ」つまり、鉄火場ということなのだ。

資金を出したのは、現在めざましく全国展開を続けている新興ホテルチェーンで、この任侠カジノもホテル併設という形を取っている。名称は『ＢＢＡホテル・カジノ&スパ・リゾーツ』という大袈裟なものだ。ちなみにＢＢＡはババアではなく、ベッド＋バス＋アミューズメントの略称だ。

この全国展開しているホテルチェーンは、どこのホテルにも一階にパチンコ店が入居しており宿泊者は洩《も》れなく千円分の玉と交換できるクーポンが貰えるところから「アミューズメント」を標榜《ひょうぼう》している。

このＢＢＡホテルチェーンには他にも、部屋のバストイレが激狭な代わりに大浴場を併設しているという特色があって、風呂好きな日本人には人気を博しているらしい。

　黒田によればこれは非常に頭の良いシステムなのだそうだ。

「考えてもみいや。大浴場があるんやったら、誰が手足も伸ばせんような窮屈な部屋の風呂に入るかいな。結果、部屋の水回りはキレイなマンマで掃除も簡単や。配管が傷むこともない。ホテルの設備で一番維持に金がかかるんは水回りやで。よう考えたもんや」

　そして、颯跋町にできた、このＢＢＡホテル・カジノ＆スパ・リゾーツの売りも大浴場だ。建物自体は、廃業した温泉旅館を買収して改装したものだが、そのお湯は、我々が住んでいる蕎麦屋に突如湧いた温泉から引くことで、話がついている。

　それと引き換えに、黒田はこのホテルの新設カジノ部門の最高責任者になり、プロデュースから経営、すべての采配を任されることに成功したのだ。

　当然のように、この「任侠カジノ」のスタッフには、探偵社の我々が狩り出された。

　社長の黒田は、この賭場を仕切る「黒田組」の組長役。片肌脱いだ女渡世人は、我がブラックフィールド探偵社になくてはならない、万能スーパー社員のじゅん子さんだ。

探偵社の下働きを一手に引き受けているおれは、ここでも賭場の三下《さんした》でヘタクソなイカサマをやって制裁を受けるという損な役回り。

もう一人の我が社のメンバーのあや子さんは黒田社長の愛人だが、持ち前のセクシーさを存分に発揮しつつ、賭場の中で飲食物を売りまくっている。

キャストは和装が原則のこの賭場で、あや子さんはエロ温泉のコンパニオンみたいなスケスケの着物をしどけなく着ているが、バストトップやお臍《へそ》の下など、ほんとうにきわどい部分だけは、透けない模様で隠されている。簡単に見えそうでいて見えない。もうちょっとで見えそうだ、と目を皿にしても、結局は見えなくて、いつの間にか鉄火巻きやら日本酒やらを買わされてしまうという仕掛けになっている。

あや子さんがお酌をしてくれるサービス付きで、お銚子《ちょうし》一本五千円というバカ高い日本酒の売れ行きも好調だ。帯というかしごきに何枚ものお札を挟んだあや子さんは忙しそうに飛び回っている。たわわなバストの下に、きゅっと結ばれた緋色のしごきがエロい。

「任侠カジノ」の外廊下に設置されたスロットマシーンから寛永通宝《かんえいつうほう》のレプリカが溢れ出て止まらなくなる、などのトラブルはあったが、なんとか無事開業にこぎつけた。そして今日が本格営業の初日なのだ。

　開業を急いだあまりの手違いがありつつも、初日のショーも終えることができた。廃業した温泉旅館からカジノホテルへの改装は突貫工事もいいところのやっつけ仕事だったから、上出来の部類と言ってもいいだろう。

　このホテルのオーナーのモットーは「見る前に跳べ。とにかくやってしまう。不具合は文句が出た時点で対応」という、「グーグル方式」なのだそうだ。これからのビジネスは「これが世界標準」になるらしいが、本当に大丈夫なのだろうか？

　アトラクションの「イカサマ指詰めショー」で恐怖のあまり失神したおれではあるが、ホッとする間もなく次の出番まで、今度は売店の手伝いに狩り出された。

　このホテルには、ショッピングモールとは名ばかりの、どこの温泉旅館にもある土産《みやげ》物店があるのだが……売られているものと言えば、しじみエキス、うこん粉末、青汁など、健康食品の品揃えばかりが異様に充実している。しかもそれが飛ぶように売れていく。買っていくのは、なぜか中国人ばかり。

「しじみエキス、六百円です」

　とインスタントのしじみスープを売ったら、途端に後頭部を殴られ怒鳴られた。黒田だ。

「このアホンダラ！　二桁間違えるな！　しじみエキスは六万円やろ！　それでも良心的大特価や！」

こんなものが六万……。怪しげな健康食品が、完全にぼったくり価格で売られている。

「まあ、多少気が咎めんこともないけどな。食いモンも空気も水も信用がならん、ちゅう人らの弱味に付け込んでクマザサの粉やら何やらを売っとるわけやから。最近は外国人が悪さしよる、治安が悪くなるとか言うけども、日本人もたいがいやで」

黒田がおれに言い訳めいたことを言っていると、「黒田。ちょっと」と声がかかった。

このホテルチェーンのオーナーである美熟女が、側近を従えて立っていた。

言い忘れていたが、ここのオーナーは女性だ。彼女自身が常に派手な格好で広告塔になっていることで、このホテルチェーン自体の知名度も上がっている。

「国会議員が視察に来るのよ」

「はあ、それはそれは」

長いモノに巻かれて強きを助けて弱きを挫《くじ》く黒田は、オーナーにペコペコした。

「この地元にカジノ特区を作れば地域振興にもなり、ひいては国の富を増す。それが真の愛国だと考えておられる議員の皆さんですからね。当カジノホテルを泊まりがけで視察して戴くスケジュールになっているの」

　そう言いながらオーナーは「愛国カジノ議員連盟」の視察日程表を黒田に渡して「宜《よろ》しく頼みますね」と去って行った。

　近くのレジで伝票を処理していたじゅん子さんが独り言のように言う。

「地域振興ねえ……けどカジノに手を出すのは崖っぷちの自治体よね。アトランティックシティもリゾートとしては滅茶苦茶に寂れて、人口も税収も激減したから、四十年くらい前にカジノを作ったのよ」

「なんすかアトランティックシティって？」

　そう言えばさっきもアメリカからのお客さんがその名前を口にしていた。

「アメリカの東海岸にある、ニューヨークに近い元リゾート。あの男がカジノを三つも作って結局、全部潰したところよ。一時は手軽な観光旅行で栄えに栄えたけれど、都会の近場過ぎて、今では誰も来なくなってしまった……そんな自治体ね」

「あの男」が誰なのかは聞く暇がなかった。オイ大事なお客さんや、と黒田社長に呼ばれたからだ。

その客とは黒田の知り合いの中華料理屋のオヤジだった。華人社会には顔が広いらしい。

「いやいやヤン大人《たいじん》、お久しぶりでんな。ここに逃げてくる時は、あの車のおかげで助かりましたわ」

「そうか、あの車走ったか。廃車にしなくて良かったある」

『楊《ヤン》大人酒家』とボディに大書してある古いワゴン車は、今でもおれが運転させられている。

「黒田サン、アナタが仕事してるこのカジノホテルにワタシも協力するよ。約束どおり、団体客百人ほどチャーター便で近くの空港に着くように手配したね。日本観光よろしく頼むあるよ」

「任せなはれ。こんな田舎で知名度もないやろうけど、これぞニッポン観光！　いう目玉がここにはありますねん」

　それが任俠カジノか。それでいいのか？

「買い物もバッチリでっせ。この温泉旅館、いやカジノホテルの売店は、一見ショボい土産物屋みたようやけど立派な免税店ですねん。デューティフリーでっせ。しかも薬局開設の認可まである。炊飯器も紙おむつも神薬十二選も健康食品も、何でも置いてま。爆買い大歓迎、カーズウェルカムですわ」

たしかに殺風景な土産物屋はおよそカジノホテルのショッピングモールというイメージからはほど遠いが、中国人観光客には喜ばれている。ぼったくり価格ではあるが。

「ほたら楊大人旅游公司ご一行様の当カジノホテルご宿泊は予定通り明後日から、いうことでよろしいな。お帰りが国会議員のセンセイ方のチェックインと入れ替わりやから、ちょうど宜しいわ」

そういえば例の愛国なんたらという国会議員の視察団もこのホテルに宿泊するのだった。

「カジノはひとつだけや無《の》うて、このホテルの別館にもおます。日本が世界に誇れるギャンブル、いやアミューズメント施設がアネックスにありまんねん。ヤンさんも見ましたやろ？　ここに来る途中の、県道沿いに」

温泉コンパニオンのコスプレのまま売店の売り子をしていたあや子さんが、おれの側《そば》に近づいてきて教えてくれた。

「黒ちゃんが言っているのは県道沿いの、潰れたパチンコ屋さんのことだよ」

それならおれも知っている。とうの昔に潰れて、不気味な廃墟となっていた建物だ。そこのトイレには店を恨んで首を吊った客の幽霊が出るとか出ないとか、とかくの噂があり完全に心霊スポット化していたのだが、その廃墟も、颯跋町が特区に指定されると同時に息を吹き返したのだとあや子さんが言った。

「カジノ仕様に開発した新しいパチンコ台を入れて、確変かかって大当たりすると十万円もする炊飯器とかウォシュレットとかレクサスとか、値の張る景品に交換できるんだって。でもちょっと怖いよね。元心霊スポットだし」

黒田はヤン大人に説明を続けている。

「ヤンさんのお国の人らも博打は好きでっしゃろ？　必ず気に入ってもらえますわ。麻雀《マージャン》よりは随分と簡単な遊びやけど、行き違いがないようにインストラクターもきっちり配置しときますさかい……日本でもえらい人気の、リピーターの多い遊技ですねん。このカジノ特区に二度三度と遊びに来てもらうには、やっぱりパチンコとスロットやろ、思うてね」

「けど、どうなのよ？」

あや子さんは疑わしそうだ。

「あんな中毒性の高い遊びに、よその国の人たちをどハマらせようなんて……そういうのってありなの？」

「今に始まったことじゃありませんけどね」

伝票を整理していたじゅん子さんが、素早く電卓を叩きながら言う。

「百八十年前にもイギリスが似たようなことをして、その時は阿片《アヘン》戦争が起きましたけどね」

日本はパチンコで、イギリスは阿片か。どっちもえげつないんじゃない？

＊

二日後の深夜。草木も眠る丑三《うしみ》つ時。

おれはホテルのフロントに立っていた。

任俠カジノの出入りショーのやられ役に、売店の売り子に、そしてフロントの夜勤と、人使いの荒い黒田に命じられるまま人手の足りないあらゆる部署に狩り出されているのだ。

そんな深夜、中国人の美女が廊下を歩いてきた。コツコツという足音が、しんとしたロビーに響く。

彼女は、今日の午後にチェックインした中国人観光客の団体の中でも、ひときわ目を惹《ひ》く美人だ。すらりとしてホテル貸し出しの浴衣が似合い、白い肌に艶のある黒髪が美しい。だが、その表情は硬い。何かにひどく怒っているようだ。

「これ、この本ね」

彼女は手にした黒い表紙に赤いタイトルの本をおれに突きつけた。

それは、このホテルのすべての客室に置かれている、いわゆる「据え置き本」だ。おれにとってはトイレットペーパーやタオルと同じ、部屋の備品という認識でしかないので、これまで表紙も中身も、注意して見たことはなかった。

だが今、彼女に突きつけられた本をつらつら見てみると……。

『白村江の戦いは日本の大勝利だった!!』というタイトルで、著者の名前は「東アジアの歴史の真実を糾明する会」と記されている。

怒っていても美しいのが本物の美女の条件というけれど、おれはこのコ難しげな本の表紙よりも、目の前にいる綺麗なお姉さんに思わず見とれてしまった。

「私たちには日本語読めないだろうってバカにしてないですか？」

「いえいえ決してそんなことは」

おれには彼女の怒りの原因が判らない。

「同じ本の英語版も置いてあるでしょう？　日本語と英語があって、中国語版がなぜないですか？」

お姉さんはもう一冊の、同じく黒い表紙に赤いロゴの、ただし洋書のペーパーバックをおれに突きつけた。

「え？　これも同じ本なんすか？」

どうせおれには読めない横文字だし、外国人観光客向けの、聖書か何かだろうと思って気にもとめていなかった。

「日本人がこれ読む、アメリカやヨーロッパから来た人たちも同じ本読む、そして嘘《うそ》偽りの歴史が世界中に広まる。これ許せないですね。絶対に許せない！」

そんなこと言われても、どんな本なのかもおれは知らないのに。

「あの戦いが日本側の大勝利だったなんて、今では明確に否定されているのに、何故そんな嘘を広めて平気ですか？」

「え？　このハクソンコーって何なんすか？」

「違います。一般にはハクスキノエです。そんなことも知らないのですか？」

彼女の怒りはいっそう増したが……なんだよハクスキノエって？

「しかも中国語版だけ無いなんて、カゲグチと同じね！　カゲグチは卑怯者のすること」

「えと……そのナントカの戦いって、いつあったんスか？　ハクスキって……もしかして真珠湾を英語で言ったら、とか？」

日本側の大勝利なら真珠湾か日本海大海戦か、それしかないと思ったのだが……。

「違う！　パールハーバーとペクチョンガンは全然別の場所！」

綺麗なお姉さんはますます怒ってしまった。

「侵略戦争をして大敗北して、それで政権が倒れて政治が全部リニューアルされて、大改革があって、国のきまりも変えて、報復で攻め込まれたら困るから国号まで変えて……そこまで大変なことがあったのに、なぜ日本が勝ったことになってるんですか？」

聞けば聞くほど、おれの乏しい知識でも、この前の戦争のこととしか思えない。その場合、敵はアメリカのはず……。

「ええと、つまりそれは、太平洋戦争で日本がアメリカに勝ったっつう、そういうトンデモ本が部屋に置かれているという？」

「そうじゃなくて！」

お姉さんは苛立《いらだ》たしげに二冊の本をバン、とカウンターに置いた。

「勝ったのは唐《とう》と新羅《しらぎ》の連合軍ですっ！　戦いがあったのは今から……だいたい一

三〇〇年前ぐらいのことで」

一三〇〇年前！　おれはガクッとなった。

「だったら良いじゃないっすか。そんな大昔のことなら……どっちが勝ってても」

だがおれのこの適当な答えがお姉さんの怒りの火にさらに油を注いでしまった。

「あなた私をバカにしてますね？　私、ＭＩＴに留学して東洋史を勉強しました。ジョン・ダワーの講義も受けてます。何千年何百年経《た》っても真実はただ一つですね。それを曲げること許されないです。歴史修正主義はあなたがたの悪い癖」

おれには何のことやら……なのだが、ヒートアップしたお姉さんの大声に、楊大人旅游公司が送り込んだツァーの面々がそれぞれの客室からロビーに集まってきてしまった。

お姉さんは二冊の本を掲げて、全員に中国語で説明している。そのうちに片言の日本語を話せる宿泊客までがおれへの抗議に加わった。

「七〇年どころか千年以上も前のことまで嘘をつくか？」

「せっかく観光に来たのに気分悪いね」

「ワタシ決めた。今から国家旅游局に報告するある」

「その前に微博《ウェイボー》に書き込むね」

「アイヤ、ここ日本だからツイッターが使える。さっき私アカウント取ったよ」

本国では規制されているSNSが全部繋がるぞ、手当たり次第にあらゆるサービスに書き込もう、などと団体の皆さんはあっという間にヒートアップした。

こうなると、このカジノホテルの売りの、全館に飛んでいるワイファイが裏目に出てしまった。

どうやら、どの客室にも置かれているこの二冊の本がひどくヤバいトンデモナイ内容で、たとえば部屋にゴキブリが出たり、額縁の裏にお札が貼ってあったりする以上に問題であるらしいことが、無学なおれにもようやく理解できてきた。

仕方なくおれは謝り倒した。ロビーの窓越しに見える空が白んでくる時間まで……。


「オノレはいつまで寝とるつもりや？　起きんかい！　このボケカス！」

割れ鐘のような大音声で泥のようなおれの眠りは破られた。

昨夜は夜通し上体を九〇度に曲げるお辞儀を繰り返し、最後は土下座までして謝ったので、腰は痛むし、額もひりひりする。

だが、布団部屋で泥のように寝ていたおれを起こした黒田は、なぜか嬉しそうだ。

「このホテルのサイトが炎上しとる。中国大使館と外交部の両方から抗議が来とるし、日本国内でもサヨクの連中はボイコットを呼びかけとるわ」

「えええっ!?」

おれの夜を徹しての謝罪も虚しく、据え置き本は炎上事案となってしまったようだ。

「テレビ見てみ」

黒田は、布団部屋にある小さなテレビをつけた。

画面には派手なスーツをつけた美熟女が映って声明を読み上げている。このホテルチェーンのオーナーだ。

「なお、私どものホテルに置かれている書籍につきましてご意見ご批判があることは承知しておりますが当面、撤去の必要はないと考えております。よろしくご了承くださいませ」

おれは驚いた。

「え？　あのトンデモ本、置いたまんまにしとくんすか？　あんなに嫌がってるお客さんがいるのに？」

「宣伝になってええやないか。考えてもみてみ？　テレビに名前が出とるんやで。

しかも一切タダや。こんな美味《おい》しい話があるかいな。それにやな、矢面に立って謝ったお前はどう思とるか知らんが、この件については批判より、激励のほうが多いんやで」

黒田によれば、ホテルのウェブサイトに寄せられるメールも、ホテルへの電話も、「撤去の必要などない、頑張れ！」というものばかりだと言う。

「元々、リベラルやら左翼ちゅうようなスカした連中はカジノなんかには来《け》えへんねん。この場合、ワシらが大切にせなあかんのはや、必ずしも真実を重視せん人らなんや」

と黒田は力説した。

「ポスト真実の世の中や。とっくの昔に終わった戦争でどっちが勝とうが負けようが大した違いはないわい。勝ったと思とるほうが気分がええやろが？　それにな、ギャンブルにハマって大金を突っ込むような客は、もともと真実が嫌いやねん。現実を直視しとうないねん」

「えっ、それは何故っすか？　言い切れるんすか、そんなコト？」

当たり前や！　と黒田は断言した。

「鉄板で言い切れるな。ギャンブルにハマる人らの決まり文句を教えたるわ」

※トータルでは勝っている
※こんな負けくらい、いつでも取り戻せる
※おれには引きの強さがある
※次は必ず勝って倍にして返す
　そんなロクでもない言いぐさを、黒田はすらすらと並べ立てた。

「判るやろ？　根拠ちゅうもんがないねん。根拠はないけど勝てる思うからギャンブルに有り金突っ込むねん。給料貰《もろ》たその日に全部溶かすのもこのタイプや。そして首まで借金に浸かって、仕事も友達も嫁はんも、全部の人間関係駄目にして、にっちもさっちもいかんようになって、そこでようやく現実に気がつくねん。わしらがこのカジノで稼がせてもらうのはそういう、真実やら現実やらはどうでもエエ人らや。本の中身が嘘でもマコトでも、そんなこと毛ほども気にするかいな」

　マスコミは騒ぐやろうけど、あれはオーナーの判断が正しい、と黒田は言った。

「まあ『唐と新羅』やったら、大陸と半島からのお客さんは減るやろけどな。その代わりに」

　日本が勝った日本はスゴいと信じたい、お花畑に住んどるお客さんが増える、ぎょうさん来る、と黒田は断言した。

「客を回してくれた楊大人の旅行社には詫びを入れて、仕入れた炊飯器やらは各地のDFSに転売するしかないやろけどな」

外国人観光客が来なくてもここの特区は客が呼べる。なぜならロードサイドにオープンした、もう一カ所のカジノ、BBAホテル&カジノ・アネックスがあるからや、と黒田はこれも言い切った。

「パチンコもスロットも、今はまだこの特区にしかない新機種が入っとる。笑ってまうほど射幸性の高い、特区以外では絶対に公安委員会の許可が下りんような新鋭機や。両替機に突っ込んだ千円札がまるでティッシュみたよに、あっという間に消えて行くんやで？　大笑いや。ヤクザもビックリのアコギさや」

おれはパチンコにもスロットにも詳しくないが、昔はそういう機種が当たり前で、非常に人気があったらしい。今は締めつけが厳しくなり、認可もなかなか下りなくなっている。

「せやから、筋金入りのパチ中が絶対にこの特区に続々集まってくるはずや。わしの見立てに間違いはないで！」

＊

私は、県道沿いの、憎んでもあまりある、あのパチンコ店の前に立っていた。

いや、今はパチンコ店ではなくBBAホテル&カジノ・アネックスという名前になってはいるが、変わったのはネオンサインだけだ。

店内から溢れ出る大音量のBGMも煽《あお》り立てるようなアナウンスも、眩《まばゆ》いばかりの蛍光灯の明かりも、潰れる前と全く同じだ。

いっそ潰れたまま、廃墟のように立っていてくれるだけだったらどんなに良かったか。

潰れたのはいろいろと悪い噂があったからだ。三人くらいがここのトイレで首を吊ったという話も聞いている。

その祟《たた》りか、この店はみるみる寂れて廃業に追い込まれたのに、どこまで悪運が強いのか、まるでゾンビが息でも吹き返したように今はまた復活してしまった。

何もかも、この町がカジノ特区に指定されてしまったせいだ。しかも大当たりが出やすい新機種が入ったとかで、私にとって事態は潰れる前より悪くなっている。

夫のテツオがここに入り浸る時間は前にも増して長くなり、つぎこむ金額は何倍にもなった。

この店には、潰れる前に何度足を運ばされたか判らない。テツオが仕事を休み、私に嘘をつき、お金を巻き上げて入り浸りになるのはここだった。車は売ってしまって、遠くのパチンコ店には行けなくなったから……。

出産費用を引き出されて入院の保証金を払えなくなり、大きなお腹をかかえてこの店の前に立ったこともあった。娘が産まれたのに、その出産祝いも、生活費も全部持ち出されてミルクを買うお金もなくなり、仕方なくここに来たこともある。お腹は平らになったけれど、腕の中にはまだ赤ん坊だった娘がいた。

タバコの煙がもうもうと渦巻く、この店の中には足を踏み入れたくなかった。お腹の中にいた時も、産まれたすぐあとも、こんなところに連れてこられた娘が可哀想でならない。

まだ赤ちゃんだったのに。この煙と騒音は大人の私にさえキツいのに。あの時も、明るすぎる蛍光灯が目に痛かった。

そして今も、私は店の中に入って夫のテツオを探さなくてはならない。夫が大切なナケナシのお金をパチンコに使ってしまう前に。

テツオはなかなか見つからない。大きな店だということもある。機械の前に座っている人たちも、なぜかみんな同じように見える。

誰もが取り憑かれたような顔つきで玉を弾《はじ》き、目の前の機械しか見ていない。真ん中の液晶画面にカラフルなアニメ動画が流れている。刺激的なＢＧＭにシンクロして派手に光り、けたたましく明滅する盤面の両側を、銀色の玉が滝のように流れ落ちて、それは下の穴に全部虚しく吸い込まれて行く。

何のアニメなのか、どんな設定なのか、私には判らないし興味もない。毎日の生活に追われて一杯いっぱいなのだから。

テツオにも、本当はどうでもいいのかもしれない。彼が家にいることなんて滅多にないけれど、テレビをつけてはいても、アニメを見ていたことなんて一度もない。

私はようやく夫を見つけた。誰なの？　このみすぼらしいおっさんは？　と一瞬、目を疑った。結婚前の、職を失う前の、笑顔が爽やかだった、誰が見てもイケメンと言った、私が好きになった男はそこにはいなかった。色あせたポロシャツによれよれのズボン。サンダル履きで髪もボサボサの無精髭。

ホームレスと言われてもそうかと思うような、くすんだ男が一心不乱に玉を弾いていた。顔の皮膚にもハリがなく、たるんで、目も死んでいる。

「あなた。お金を返して。あれは今月の生活費よ」

「うるせえ！　今いいところなんだ。邪魔するな」

夫を狂わせている忌まわしい機械が、リーチ！　リーチ！　と叫んでいる。真ん中の液晶画面ではスロットマシーンのような絵柄がぐるぐると回転している。

派手な音と光。

私は気が狂いそうだ。でも夫の肩に手をかけて揺さぶるのをやめなかった。

そのうちに画面が暗くなり、絵柄の回転も消えた。夫が立ち上がった。形相が変わっている。

「てめえ何をしたか判ってんのか？」

データを取ってやっとこの台を見つけた、朝からずっと回して、ようやく確変がかかったところなのに、それを邪魔しやがって、と口汚く罵っている。

お金は残っていなかった。

「どうせてめえが邪魔しに来るだろうと思って、最初に全部玉に換えた」

夫は意地悪く言った。その玉も全部、憎らしい機械に吸い込まれて、さっき、私の目の前でなくなってしまった。

綺麗さっぱり。ひとつ残らず。

明日から何を食べて暮らせばいいの？　電気が止まっている。もう何度目だろうか。水道も、このままでは時間の問題だろう……。

夫は機械をがーん、と足で蹴って、そのまま店から出て行ってしまった。

あなた、お願い、キャッシングだけはしないで、と私は叫ぶ気力もなかった。

夫が物に当たった時、以前はお店の人が来て〆《しめ》てくれた。だが、三人もの自殺者が出た後はそういうこともなくなった。見て見ぬふりだ。

周りで打っている人たちも、完全に無視している。全員が「今いいところ」で手が離せず、あとちょっとで「トータルは勝ち」に持ち込めるのかもしれない。

床に座り込んで泣いている私を、さすがにお店の人が見かねたのか、やってきて言葉をかけてくれた。

「悪いね、奥さん。新装開店してから大当たりも出やすいが、玉がなくなるのもあっという間なんだよ。ご主人は出禁にする。仕事が欲しいなら、新しくできた温泉旅館、いやカジノホテルに行ってみれば？」

そこの支配人は元その筋の人だが、情にもろいから助けてくれるだろう。

と、お店の人は言った。

アトラクションのキャストだけではなく、なんでも屋としてコキ使われているおれは、任侠カジノの厨房で鉄火巻きの仕込みを手伝わされていた。

*

そこに、色褪《いろあ》せたTシャツにすり切れたジーンズという、シンプルを通り越して貧しげな身なりの、顔色の悪い女が現れた。

ホームレスが残飯を貰いに来たのか、と板長が追い返そうとしたら、その女は「違います!」と縋《すが》りつくような目で見つめてきた。

「食べるものを買うお金もなかったので、そう見えるのは仕方ないです……お皿を洗わせてください」

聞けば、黒田から一万円を貰ったらしい。

あのケチな黒田がポケットマネーを出さざるを得なかったのも無理はないと思うくらいに、その女は悴《やつ》れてガリガリに痩せていた。しかしバストだけは大きくて、逆に痩せたカラダには目立っている。髪ももつれていたけれど、よく見れば目鼻スッキリの美人だ。

年の頃はアラサーの女盛り。おれの目から見てもセクシーな熟女だ。

「ただお金を戴くのでは私の気が済みません。何でもしますから」

彼女はそのへんに放置されていたエプロンを手に取ると、勝手に皿洗いを始めた。

それが済むと、不器用なおれが巧く出来ない料理の仕込みを手際よく手伝ってくれた。

「紋次郎《もんじろう》定食」は汁掛けメシにメザシとタクワンを突っ込めば終わりで簡単だが、人気メニューの「任侠定食」は昔風の野菜と魚の盛り合わせ料理で、この手の和食は仕込みが難しい。素人のおれには手に余っていたのだ。

「助かるっす。おれ、和食は経験がなくて」

「お役に立てて嬉しいです」

と、彼女も最初は元気に働いていたのだが……リズミカルに動いていた菜箸が突然床に落ちた次の瞬間、彼女も調理場に崩れ落ちた。

「だ、大丈夫っすか！？」

おれは慌てて彼女を助け起こして、休憩所に運んだ。

「あ……ごめんなさい……」

すぐに気がついた彼女は、おれが差し出したお茶を飲んだ。

「な、何にも食べてなくて……」

「それはマズいっすよ」

おれは調理場から賄いの残りを運んで来た。

「チャーハンと生姜《しょうが》焼きがあったので、盛り合わせてきました。ブサイクで済みません」

おれが差し出したワンプレート・ランチを、彼女はガツガツと一気に食べて、ようやくひと心地ついたようだった。

「お恥ずかしいところを見せてしまいました……でも、本当に、限界だったんです。お金がなくて……私が稼いでもみんな……」

彼女は涙ぐんだ。

「この世がこんなに辛いとは……でも、死ぬ勇気もないし、残してゆく子供のことが」

彼女はさめざめと泣いた。

そして……いきなりおれに抱きついてきた。

驚いたおれが何も出来ないでいると、彼女はおれの唇を奪うようにキスしてきた。

「何もかも忘れたいんです。今だけでも。もう、辛すぎて……」

柔らかな彼女の唇と胸の膨らみが触れた。

おれの分身は一気に膨らんで、危うくズボンの中で暴発しそうになった。

「私じゃダメですか？　貧乏でヨレヨレな女だから……」

「ああ……いや、そんなことはないっす」

おれは基本的に来るものは拒まずという主義だ。というより非モテの分際で、拒むなんて贅沢《ぜいたく》が許される立場ではない。

胸の膨らみに手を這わすと、彼女は「ああ」と甘い声を出した。

「もう何年も、女の歓《よろこ》びを知らないの」

出来すぎた展開だ。コトに及ぶと黒田が顔を出して「指詰めじゃ！」と叫ぶ、これもアトラクションじゃないかと疑ってしまうほどだが……。どうも彼女は本気らしい。

「時間、ないですよね。だったらパッパと」

そう言いながら、自分から服を脱いで全裸になると、仰向《あおむ》けに寝た。

着衣の時の印象のまま、痩せてはいるが胸の膨らみは豊かで、痩せている分、腰のくびれの曲線がくっきりしている。

おれは休憩室の鍵を掛けることも忘れて、彼女に覆い被《かぶ》さった。

「ちょっと待って。アナタも服を脱がないと」

ああそうだった、とおれも手早く裸になって、重なり直す前に愛撫《あいぶ》にとりかかった。

彼女の両脚を左右に広げると、その女性の部分は、鮮やかなピンク色が息づいている。

処女のように清らかな薄桃色の秘肉。いやおれは処女のアソコを見たことはないし、彼女には子供もいるらしいけど……。

おれは、その美しく可憐《かれん》な花びらを嬲《なぶ》り回した。指先でつまんでは引き伸ばし、親指と人差し指で擦りあげた。

「あぁっ……」

彼女の喉から甘い吐息が漏れた。

おれは広げた両脚の間に上体を屈《かが》め、その秘処に顔を近づけた。舌を思いきり長く伸ばすと、美女の恥裂いっぱいに押し当て、ぞろり、と舐め上げた。

「ああっ！　い……いい……」

その言葉にノセられておれは彼女の恥部を擦りあげるように、遠慮なく蹂躙《じゅうりん》した。

彼女は喜悦に全身を震わせている。

おれは指先で秘唇を左右に広げ、恥裂の頂点に隠れている肉芽を剝き出しにしてやった。

小さな可愛い突起が顔を出し、舌先で転がすと、彼女は文字通り、身悶《みもだ》えた。

「あっ……おかしくなりそう……」

彼女は腰をがくがく震わせて左右に妖しく揺らせた。秘門も潤ってきて、ほっそりした華奢《きゃしゃ》な腰が、おれの舌戯が生み出す甘美な刺激に、ひくひくと蠢《うごめ》き始めた。肌にもうっすらと汗が浮かんできた。

秘部も溢れる蜜でねっとりと濡れそぼった。

おれは手を伸ばして、彼女の豊かな乳房を揉んだ。先端にある果実のような乳首が、ツンと固くなっている。

おれはふと、黒田だったら彼女をキャストに使って「イカサマ女賭博師の見せしめショー」をやりかねないな、と思った。しかしそれはもう完全に18禁のマル秘ショーになってしまう。でも、おれがAVで観るお色気が名物の温泉では、そういうショーがウリなのだ。縄で縛り上げた彼女のアソコを、満座の中で筆責めするとか……。

黒田ならやりかねないが、この彼女をキャストにするのは可哀想すぎる……。

そんな余計な妄想を振り払って、おれは行為に没入することにした。

「ああ……も、もう、駄目。ね、早く、きて」

おれも、これ以上我慢できなかった。

痛いほど勃起しているナニを、彼女のアレに宛てがうと、そのままぐっと挿し入れた。

「ああ……」

おれが抽送すると、彼女は腰が突き上げられるままに全身を震わせ、喜悦の声をあげた。

おれが限界に達する頃、彼女も快楽の波に呑まれ、アクメに達しようとしていた。

「あ……ん。あはあ。あン」

蕩《とろ》けて耳に絡みつくような甘く切ない声を震わせ、色香が華奢な全身から放たれた。


「もしかして……こんなに気持ちよかったのは初めてかも」

コトが終わり、彼女は恥ずかしげに呟いた。

「完全に順番が違ってるけど……私、三佐枝《みさえ》と言います」

彼女は、問わず語りに事情を話してくれた。

カジノ特区指定に伴い域内ＡＴＭのキャッシングの枠が拡大された結果、ギャンブル依存の夫が各社の枠一杯に借りまくったという。

「せっかく一度、私の親にも助けてもらって、全額返済したばかりだったのに」

前以上の借金ができてしまった、と三佐枝は涙ながらに語った。

「お祖母《ばあ》ちゃんからもらった娘のお年玉まで騙《だま》して取り上げたんです。お金をパパが三倍に増やしてあげるよって、娘の一万円を千円札三枚と無理やりに交換させて、その三千円もパパに貸してくれって、結局全部、奪い取って……娘は泣いてました。これで新しい上履きと、体操服が買えると思ったのにって」

「おれ、人生経験ないんすけど、そんな男と別れたほうがいいんじゃないでしょうか」

おれは、おずおずと言ってみた。しかし彼女は、でも、でも、だって、と言うばかりだ。

「親も友達も、みんな同じ事を言うんです。でも……子供がまだ小学生だし、子供から父親を奪うわけにもいきませんし……」

「駄目よアナタ！」

鋭い声がする方を見ると、休憩室の入り口にはじゅん子さんが立っていた。

「さっきから聞いてたら……ダメ男の亭主が一番悪いに決まってるけど、そんな男をますますダメにしてるのはアナタよ！」

出番前で、例の「緋牡丹おじゅん」の衣裳《いしょう》を着ているから、余計に言うことに迫力がある。突然、役になりきって言葉が変わった。

「どぎゃんしても別れられんとなら、亭主の性根を、アンタがたたき直すよりないっちゃね。それが渡世の筋ちゅうもんたい」

九州弁だ。女渡世人が乗り移ったのか？

「飯倉くん。あんたも、こん人の悩みを聞いて困った顔しちゅう暇に、身の振り方を考えてあげんとや？　ほんなこつやからいつまでも社長によかように使われとるが判らんとね」

おれまで説教されてしまった。

「うちに考えがある。アンタ、女渡世人をやりんしゃい。皿洗いよりカジノのキャストのほうがゼニになりますけんね」

「いやでもあたしは……」

「しゃぁしかっ！」

尻込みする彼女をじゅん子さんは一喝した。

「あんたも腹くくらんね」

＊

それから数日の間、通常の営業が終了してから、彼女はじゅん子さんから特訓を受けた。

「声が小さい！」

じゅん子さんは彼女に啖呵を切らせる特訓を繰り返したが……だが、あまりにもダメだった。ダメなおれが見てさえダメで、およそ見込みがありそうには思えない。

「あの……この人なら渡世人より、お運びさんのほうが良いのでは？　あや子さん級のバストの持ち主だし……」

というおれの提言は、じゅん子さんに一蹴されてしまった。

「カジノなんてちっともエシカルじゃないことをやっているんだから、少しは社会貢献をしないとね。私はアサーション・トレーニングをこの人に体験してもらっているの。それもプロ・ボノで」

おれには意味が全然判らない。だがじゅん子さんには、そのアサなんとかトレーナーの認定資格があるのだという。

とは言え、一週間も経つと特訓は成果を上げてきた。

「なかなか板についてきたわね。そろそろデビューする？　あなた、お名前は？」

「三佐枝と言いますが……」

「地味ね。じゃあ、賭場では『昇り竜のお銀《ぎん》』と名乗りなさいな」

と、じゅん子さんはいきなり彼女にど派手な二つ名を与えてしまった。

＊

ロードサイドのパチンコ店から出禁を食らったという客が、今度はここの賭場に入り浸っている。丁半博打にハマったのだ。

「どちらさんも、はったはった！」

いつものようにおれが客を煽り、「緋牡丹おじゅん」ことじゅん子さんが壺を手に取った。

「はいります」

壺にサイコロを入れようとした、その時。

「姐《ねえ》さん。その勝負、少々お待ちを」

極彩色のど派手な着物を着た妖艶な女が、賭場に入ってきた。

「待ってました！」と思わず声をかけたくなるような絶妙なタイミング。身のこなしもぴしりと決まっている。

「昇り竜のお銀」こと三佐枝さんが颯爽《さっそう》と現れたのだ。スポットライトが当たったかのように、彼女の艶姿《あですがた》は輝いている。

その姿に色気と殺気を同時に感じた賭場の客とギャラリーが、「おお」とどよめいた。

だがお銀を見た客の一人が、ひどく驚いた様子で木札を取り落としてしまった。

「三佐枝……こんなところでなにやってる」

ギャンブル依存のダメ夫・テツオだ。しかし彼女は以前とは別人のような鋭い目付きでテツオを睨み据え、その前に端座した。

「手前、下野《しもつけ》はこの在の生まれ、姓名の儀は玉出《たまいで》三佐枝、通り名を昇り竜のお銀と発します」

懐から貯金通帳と数枚の書類を取りだして、ぴたりと盆茣蓙の上に置く。

「あんたが勝手に引き出した子供の学資保険五十万に、勝手に借りたカードローン二百万、勝手に持ち出した生活費の三万……今日という今日はもう勘弁ならんっちゃ、耳を揃えて返して貰いますけんね！」

お銀は腰を浮かせ、右膝をどんと立てた。赤い襦袢が目に痛い。

「な、なんだお前……藪《やぶ》から棒に」

「返しんさい！」

「あ……ああ、この勝負に勝ったら、全部返してやるよ。借金なんか一気に返して、十年は遊んで暮らせらあ！」

「いたらんこつば言うな！」

お銀は懐から抜き身の匕首《あいくち》を出すと、ダメ夫の喉元に突きつけた。

「うちは本気や！　こげんして白刃向くっとは、伊達《だて》じゃなかよ！」

じゅん子さんの特訓の成果か、別人かと思うほどに声が大きくなり、しかも迫力が凄い。

ドスの先端が夫の喉元を突こうとしたとき、「まあまあちょっと待ちいな！」と声がかかった。

「あんた、ここで旦那を殺したら一巻の終わりや。捕まって塀の向こうやで」

胴元である黒田が現れて仲裁に入ったのだ。

「その紙、なんでんねん？」

黒田は、お銀が持っている書類を指差した。

「これは、夫がこしらえた借金の証文です」

「判った。その債権、ウチが買い取りまっさ」

黒田は賭けに使う木札をかき集めた。

「これ、持って行きなはれ。五百万円分おます。これなら借金を全部返しても、お釣りが来ますやろ？」

黒田は木札を山のようにお銀に渡した。

「新しい借金の証文は、改めてアンタの旦那に書いて貰う。おい、あや子」

黒田はあや子さんに命じてカジノ備え付けの借用証を持って来させた。

黒田がそれに『一、金壱千萬《まん》円』と記入するのを見ておれはたまげた。

「ちょ、貸し金二倍になってるんすけど？」

「ええねんええねん。ちょっとした利子やがな。さあお客さん、差額はあんたのもんや。もっともっと遊んどくなはれ」

一枚十万円のチップ五十枚を黒田が今度はダメ夫に差し出すと、夫は嬉々《きき》としてそれを受け取り、おまけに借用証にサインまでしてしまったので、おれは呆れてものが言えない。

ギャンブルはここまで感覚を麻痺《まひ》させてしまうのか……。

緋牡丹のおじゅんが壺とサイコロを手に取る。

「はいります！」

この賭場始まって以来の大勝負が、突然始まろうとしていた。

カラカラと壺の中でサイコロが舞う。

永遠に続くかのような、この時間。

やがて、壺は盆の上に伏せられた。

「さあ、はったはった！」

テツオがチップ五十枚を全額「丁」に、カジノ側が同額を「半」にはる。

「どちらさんも、よござんすか？　よござんすね？」

たっぷりと間をとって、緋牡丹のおじゅんが壺に手を掛けた。

と、まさにその時。

このタイミングを待っていたかのように、棍棒《こんぼう》を持った暴徒の一群が突撃してきた。

「な、なんやこれ！」

黒田は驚いて腰を抜かした。

「なんやってこれ、ショーでしょ？」

「ちゃうちゃう！　今夜は手配しとらん！　わしゃ知らんデ！」

アトラクションの「出入りショー」だと思っている客たちは、笑って見ている。

「だいいち、お前がまだ下手《へた》打っとらんのに、このキッカケで始まるワケがない」

ショーの台本は黒田が書いているので、段取りのすべては黒田が仕切っているのだ。なのに、大ボスが知らないと言うことは……。

「これは、本物の出入りだ！　これは本物ですっ！　訓練ではありません！」

おれは叫び、とにかくお客さんに危害が加えられないように、ギャラリー席にすっ飛んでいった。

機敏なじゅん子さんにあや子さん、そして「昇り竜のお銀」に黒田も即座に逃げ出した。

「アイツらは誰や？　何の目的で？」

逃げながら黒田が叫んでいるが、おれが答えを知っているはずもない。とにかくお客さんを守るのに必死だ。

暴徒は何故かテツオほか数人の客を標的にすると、棍棒でさんざんに打ち据え始めた。

カジノの警備員が飛んできたが、彼らは老人ばかりで完全に無力。警備費をケチった報いが出てしまった。とにかく老人の警備員は暴徒を遠巻きにして「やめなさい〜」と言うばかりでまったく何の役にも立たない。

パトカーのサイレンが聞こえてきたが、それでも暴徒は一部の客を殴り続けている。

「や、やめろ！　ウチのお客人に手を出すんじゃない！」

立場上仕方なく、おれは前に出て暴漢との間に割って入り、殴られている客を守ろうとした。が……。

非力なおれはあっけなく敵に捕まってしまった。

「お前が首謀者か？」

なんだか洋画吹き替えのような日本語だ。

「吐け。オフショアの口座番号を言えば許してやる」

寄ってたかって押さえつけられたおれは、どういう訳かいきなり尋問されている。

「本来なら水責めをしたいところだが、その時間が無い。リサーチによれば日本のマフィアには『ユビヅメ』が有効と聞いている」

おれの右手が引っ張り出されて、盆茣蓙の上にまたも俎板が用意された。

と言うことは……まさか？

「口座番号を言え。指をロストしてもいいのか？」

リーダー格の男は、懐からドスというよりはアーミーナイフのような刃物を取り出して、おれの小指にぴたりと宛てがった。

おれには何がなんだか判らない。知りもしない口座番号とやらのせいで、おれは指を詰められてしまうのか？

明らかにアトラクションではないし、おれを騙そうとするドッキリでもない。なんせ客はみんな逃げてしまったのだから、ショーを続ける理由はないのだ。

とすれば、やっぱりこの連中はおれの……。

ナイフの刃がおれの小指に食い込んだ。次の瞬間、ざくりという音とともに、おれの指は、無残に切り離されてしまった。

あまりのことに、おれはまたしても目の前が真っ暗になった……。

＊

目を開けると、目の前には「昇り竜のお銀」こと三佐枝さんがいて、おれを優しく抱き起こしていた。

「どうもね、この賭場をマネーロンダリングに使おうとしていたテロリストが客の中に紛れ込んでいるという情報があって、そいつらを標的にしたアメリカの特殊部隊が……」

心配そうにおれを覗き込んでいたじゅん子さんが説明を始めたが、おれは遮った。

「ちょちょ、ちょっと待ってください。その前に、おれの、おれのおれの大事な指は？　親に貰った大事な小指は？」

「ちゃんと付いてるじゃない」

三佐枝さんがおれの右手を取って、目の前に持ってきた。

そこには、きちんと小指が付いていた。

動かすと、動く。触っても感触はある。

「手術でつけたとか？」

三佐枝さんもじゅん子さんも、「まさか」「何言ってるのよ」と笑っている。

そこまできて、やっと思い出した。

おれは、アトラクションの「指詰めショー」のために、黒田社長に貰ったシリコン製の指を装着していたのだった。

「社長っ！」

この時ほどあのにっくき黒田が有り難いと思ったことはない。

ホッとすると、アタマが回るようになった。

「どうしてアメリカの特殊部隊がこの賭場に突入してきたんですか？」

「さあ？　非合法な取引を妨害するためなら非合法な手段を用いてもいいって、あの大統領が考えたのかもね。日本なら主権侵害されても文句言わないだろうって」

「お客さんは無事で？」

おれは自力で立ち上がった。多少ふらつくが、殴られて軽い脳震盪《のうしんとう》を起こしているのだろう。

「一人以外、みんなご無事よ。三佐枝さんのご主人は入院しちゃったけど。マネーロンダリングの一味と間違われちゃったみたいで」

立ち上がって賭場を見渡すと、見事にメチャクチャに破壊されていた。もともと安普請の低予算映画のセットみたいな賭場だったとは言え、復旧の気が起きないほどの破壊ぶりだ。

「当分、賭場のご開帳は無理みたいね」

じゅん子さんが顔を曇らせた。

「賭場が駄目になるとお客が来ないからホテルも駄目になるでしょう？　また蕎麦屋の営業に戻らないとね」

それもそうだが、あの一千万円分のチップと借用証の件はどうなったのだ？　ダメ男がいくら借金をしようがどうでもいいが、三佐枝さんが巻き込まれるのは気の毒すぎる。

「あら、そのことなら大丈夫よ」

じゅん子さんが言い、当事者の三佐枝さんもニコニコしている。

「結局ね、あのどさくさで、最後の勝負の結果が出ないままだったでしょ？　だけど勝負の無効は宣言されていないので、掛け金はそのまま、曖昧な形で胴元の懐に入ったみたいなの。これは日本の賭場全体のナショナル・ルールなのかここのローカル・ルールなのか知らないけど、とにかくうちのカジノは一千万円のうち半分は『勝った』ことになってる。残りの半分は三佐枝さんが換金して、借金の返済に充てたけれど」

じゅん子さんはそう言って三佐枝さんを見た。

「ほんとうに、こちらの親分さん、いえ黒田さんには感謝してもしきれません」

三佐枝さんも感に堪えたように言った。

「いただいた五百万円で、借金はきれいに返しました。離婚届も元夫に書かせましたので……私は自由です。娘と二人、この町を離れて生きて行きます」

形の上では妻子に逃げられたダメ男の背負う負債の額が一千万円に増えたことになるわけだが、それはまあ黒田があの手この手で回収するのだろう。とりあえずは良かった。

だが一安心する間もなく、今度はフロントの方から怒鳴り声が聞こえてきた。

「クレームや。なんや知らんが客がえらい怒っとる」

「大変だよ！」

ドタドタと黒田社長とあや子さんがやってきて急を告げた。

「飯倉、ここはエエからお前がクレームに対応せい！」

大恩ある社長命令とあらば仕方がない。

おれが駆けつけると、フロントでは日本人のオッサンたちが顔を真っ赤にして怒鳴りまくっている。全員が熟年の恰幅《かっぷく》のいい紳士だ。

「なんだこの本は！　責任者を出さんか！」

また例の本へのクレームか。口々にクレームをつけている客たちは、前回と同じく黒い表紙に赤いロゴの据え置き本を手にして、さながら鬼の形相で怒っている。

同じクレーム対応でも、この前の知的で美形なお姉さんとは天国と地獄の違いだ。

オッサンの野太い下品な罵声を聞いているだけで気が重くなってくる。

「キミ、これを見たまえ。けしからん事この上ないぞ！　こんな自虐史観本を客室に置いとるとは、一体何のつもりだ？　このホテルはアカか反日か？　わしから厚生労働省と国土交通省に強硬に申し入れて、こんなクソホテルなんぞ営業停止に追い込んでやる！」

この本の一体何がここまで宿泊客を怒らせてしまうのか？　これは呪いの魔道書か何かなのか？

その間にも、クレーム客は「わしを誰だと思っとる？」と金バッジを胸から外して高々と掲げている。

やっぱり視察に訪れた国会議員さんたちだ。

「だいたいこれは何だ？　この写真は」

目の前に本が広げられて突きつけられた。

ページがめくられるたびに現れる、見るも恐ろしい写真の数々におれは戦慄した。転がる男女の死体、亡くなった母親にとりすがる小さな子供、切り取ったばかりらしい生首を片手に、もう一方の手には日本刀を持って、なぜかにこやかに笑っている人……。

「な……なんなんすか、これは」

たしかにこんなものが一夜を過ごす客室の中に置かれているのは大いに問題だろう。傍にあるだけで悪夢にうなされそうだ。

あれ？　しかし……。この本は、なんだ？

そもそも最初に抗議を受けた時は、一千年以上も前に起きた、ハクスキの何とかいう戦いの勝敗についての本だったはずで、こんな生々しい写真など載ってなかったはずなのだ。

「しらばっくれおって。この反日が！　こんな卑怯な情宣活動をやると知っていたら特区の認可など、貴様らには絶対に下ろさなかったのに！」

議員とおぼしき紳士たちは異口同音に、それからも延々と抗議と糾弾をつづけた。

「いやちょっと、事情がよく判らないんですけど……」

「だから、この本はなんだ！　わしらが泊まると知った上でこんな本を部屋に置くなど、不届き千万切り捨て御免だ！」

「日本が勝ったという本だからどれ見てみようと開いたら……きみ、精神的ショックを賠償したまえ！」

どうも、表紙と中身が全然違う本になっているらしい。表紙は前のままだが、中身だけが『レイプオブなんとか』という、日本での出版が延々揉めた本にすり替わっているとのことだ。

問題のその本の著者の写真、そしてアイリス・チャンという名前だけはどちらも可愛かったので、おれの記憶に残った。

＊

わがＢＢＡカジノホテルは潰れた。

颯跋町のカジノ特区は外され、この町はまた元の、空っ風が吹くだけの、北関東のどこにでもある過疎自治体に逆戻りした。

視察に訪れた議員たちの怒りは凄まじく、首相官邸を即座に動かしてしまったのだ。

それだけではなくBBAホテルチェーンの他のホテルでも、据え置き本の中身スリ替えが続出し、いっこうに収まらなかったこともある。

「一体誰がやっているのかしらね？　元の本もスリ替えられた本も、内容の不正確さではどっちもどっちなのに」

元の蕎麦屋に戻ってきて、じゅん子さんは呆れ顔でボヤいた。

「まあ私も『熟田津《にきたつ》に船乗りせむと月待てば　潮もかなひぬ今は漕《こ》ぎ出《い》でな』という、勇ましい出陣の歌だけは知っていて、てっきり白村江の戦いは大勝利だと思っていたのよね」

まさか大敗していたとは知らなかったのでエラそうなことは言えない……とじゅん子さんは珍しく謙虚だ。

博覧強記のじゅん子さんにも、知らないことはあったのだ。

「ま、カジノで一攫千金《いっかくせんきん》ちゅうのはアカンちゅうこっちゃ。客は当然として、胴元というか、勧進元もおなじこっちゃ」

黒田はじゅん子さんが打った蕎麦を啜《すす》りながら、言った。

「専門家のわしが言うんやから間違いない。地道にやって行くしかないっちゅうこっちゃ」

黒田の言葉に、黒田以外の全員が「そんなこと判ってましたよ最初から！」と内心で突っ込んだはずだが、口には出していない。

第四話　ももんじDE忖度《そんたく》

「ねえ、営業の認可と信用金庫からの融資の口利き、よろしくお願いね」

巨乳&ゴージャスな美貌でフェロモンむんむんの美女が、田舎紳士にしな垂れかかった。

「全部、私に任せなさい。町おこしには、キミのような意識の高い女性が参画する観光資源が必要だ」

「私はカフェをやりたいの。土地建物はもうあるの。兄が所有している古い建物があって……でも私が作ってしまった借金が返せなくて、三重くらいの抵当に入っていて」

住民税と固定資産税の滞納で町に差し押さえられている、まずそれを外してほしいと、その美女は懇願した。

「そんなことならすぐになんとかなる。町以外の債権者はどこだ？　颯跋《さつばつ》建設に颯跋信金？　それなら私から言えばすぐに話はつく。抵当を全部外して完全な町有地にして、改めて定期借地権を設定して、町から土地建物をキミが借りる形にすればいい」

田舎紳士が美女の巨乳をむにゅっと揉み上げると、彼女は「ああん」と鼻にかかった甘い溜息《ためいき》を漏らした。

「借地料もタダ同然にしてあげよう……」

「できるの？　そんな夢みたいなことが」

「できるに決まっている。私を誰だと思っているんだい？　私はこの町の最高権力者で、官邸との太いパイプもあるんだ」

特区だから借地でも営業認可が下りるように規制緩和をする。スピード感を持ってやる。融資も必ず下りるようにする。颯跋信用金庫の支店長とはゴルフ友達だから、と田舎紳士は請け合った。

「ホントお願いね。お金のメドが立たないと認可が下りないし、認可が下りる確約がないと融資も受けられないの。ニワトリと卵みたいな関係なの」

「同時に解決しよう。だから、こちらのお願いも聞いてくれないかな？」

田舎紳士の手が美女のスカートに入り、むっちりした太腿の間を侵攻していく。

「ああんイヤン、町長さんたらあ……」

美女は腰をくねらせながら、自分でドレスを脱いでいく。巨乳がぽろんとまろび出て、腰の局部を僅かに覆っている小さな布きれも足先から抜き去られてしまった。

「このバイブを使って、キミのホットなところを、自分で慰めてみせてくれないか?」

「いいわよ……町長さんのためなら」

美女は色っぽい瞳で相手を見つめた。

「キミが気持ちよくなっても否定してほしい。口で言っていることとカラダがまったく裏腹な状況に、私はひどくそそられるんだ」

お約束の「きっ気持ちよくなんか……なっ無いんだからね!」「そんなことを言ってもカラダは正直だぜ」から始まって、延々とオトナの質疑応答が繰り返され、美女の秘部は完全に準備完了になった。

「そろそろ新機軸を出そう。キミはこう答える。何度訊かれても、きっぱり否定するんだ。たとえば、気持ちよくなんかない……もしも、イッてしまうようなことがあったら、そうだな……一番『心にもないこと』を言うんだ」

田舎紳士はバイブの代わりに自分のモノをホットな場所にあてがうと、ぐっと体重を掛けていった。

「きっ気持ちよくなんかないわ……もしも、これでイッてしまうようなことがあったら……あっあたしはカフェの開業を諦めるから！」

ゆっくりと抽送をし始めた紳士だが……やがてテンポは速くなり、美女も反応した。

「イッてしまうくらいなら油と塩分と添加物まみれのファストフードを食べるわ……化学調味料を山ほど使うし……それとオープンするカフェも全面『喫煙』可にするッ」

男もノリノリで、ぐいぐいと腰を使った。

「臭いとヤニまみれになってもいいんだな？」「ああん、もう！　お店なんか潰しちゃう！」

美女はアクメの絶叫をあげた。

＊

「ここをカフェに改装する工事を請けたんで、至急退去してください」

ある日突然やってきたリフォーム業者が、いきなり言い放った。

「出ていってくれないと困るんですよ！」

この「日帰り入浴兼蕎麦屋」に住み着いていたおれたちは、突如降って湧いた話に仰天した。

「ちょっと待てやコラ。ちゃあんと説明せんかいコラ」

この理不尽な話におれたちのボス・黒田は怒った。一見してマッチョなヤクザと判る黒田が怒ると怖い。当然の怒りだ。しかし、そういうのに慣れているらしい相手のリフォーム業者はまるで動じず、平然としている。

「そう言われても、我々はこの土地建物の所有者さんから話を受けてるんで」

「わしらはここを、オーナーの蒲生《がもう》さんから直に借りとる。確認するから待たんかい！」

ボスの黒田は東京にいるこの物件の所有者・蒲生氏に確認の電話を入れた。と言っても実際に電話したのは、実務一切を取り仕切るじゅん子さんだ。

この蕎麦屋に住み着いているのは「ブラックフィールド探偵社」の社長である黒田、経理のじゅん子さん、社長の愛人あや子さん、そしておれの四人だ。ほぼヤバイ案件ばかりを扱っていたおれたちだが、ある日突然、正体不明の「敵」から攻撃された。秋葉原の事務所から命からがら脱出し、ここ北関東の町・颯跋町に辿り着いた。廃業して朽ち果てていたこの蕎麦屋に間借りして「敵」に悟られないように隠れ住んでいたのだ。

それにしては、食うためとはいえこの家で蕎麦屋を始めたり、温泉を偶然掘り当てて日帰り入浴サービスを始めたり、特区カジノに経営参画をしたりと派手な活動もしたけれど、それもすべて地元に溶け込むためだ。町おこしをしようと四苦八苦している人たちに協力するのは当然のことではないか。

「……判りました。そういうことなんですね」

電話を切ったじゅん子さんは、この土地と店のオーナー・蒲生氏に確認した内容をまとめて話した。

「遠くに行っていた蒲生さんの妹さんが戻ってきて、この店をカフェとして営業再開するので、改装することになったそうです」

おれたちが住み着いた廃屋は、正確には「営業に至らなかったカフェらしき店」だ。

とにかく不思議な造りの店で、まず土間の真ん中にコーヒーの焙煎機が陣取っている。二階にはパスタマシーンや燻製機、石窯などさまざまな調理機器が詰め込まれ、それが居住部分のスペースを圧迫していた。

じゅん子さんによれば、調理機器のどれもが数十万、いやモノによっては数百万円はする世界最高水準の機器ばかりだという。手入れされずに放置されたままだったので、ほぼ修復不可能なガラクタになってしまったが。

地下室にも乾燥ポルチーニやドライトマトなどの、有機栽培の高価な食材が夥しく貯蔵されていた。こちらもすでに全部が賞味期限切れになっていたけれど。

察するに、オーナーの妹なる人物は現実を無視した超のつく完全主義者で、「理想のカフェ」をオープンしようとこだわるあまりにコスト完全無視で暴走した結果、資金切れに陥ってカフェは開店できず、本人も失踪という悲劇の幕切れを迎えてしまったようだ。

「蒲生さんがおっしゃるには、カフェ再開の件についてはもう黒田社長には話してある、了解しているはずだということですけど？」

じゅん子さんが黒田社長を詰問した。

「どういうことですか？　私は聞いてませんけど」

「ちょっと黒ちゃん……あんた知っててしらばっくれてたの？」

「いくら社長でも……困るっスよ。肝心なことを隠蔽《いんぺい》されたら」

社員からの突き上げとヤクザにも動じないリフォーム会社の面々に迫られて返答に窮した黒田は、まあまあまあと急にニヤけた。

「いきなり追い立て食らうとはワシも思わんかったんで、ついカッとなってしもうたが」

黒田はきまり悪そうに話し始めた。

「実は……今まで言わんかったけども、この土地建物は二重三重の抵当に入っておったわけや。このままでは競売に付されてしまうンで、妹が借金をなんとかするまで住んでほしいとワシは蒲生さんに頼まれとってやな」

ある意味衝撃の事実だ。おれたちが「占有屋」のような真似をしていたとは！

今の今まで、まったく知らなかった。

ということは、時折この店の表をうろうろしていた怪しい男たちは、この家と土地をつけ狙う、金融業者の手の者だったのだろうか？

「ここの持ち主の妹もな、表向きは失踪いうことになっとるが、実は密《ひそ》かに働き口を世話したんはワシや。日本国内のさる場所で、一気に借金を返せる仕事をしとったんや」

相手が男やったら遠洋マグロ漁船に乗せたりするけどな、と黒田の言う「一気に借金を返せる仕事」が何なのかは、聞かなくても想像がついた。

「先月、法務局に行ったら、ここの土地建物の抵当が全部外れてンのが判ったんで、そろそろ戻ってくるころやな、とは思うとった」

「だからどうして黙ってたんですか！」

じゅん子さんのキツい言葉に、黒田はシュンとした。

「明日、言おうと思うとったんやがな……」

「まったくもう。コドモが宿題を忘れた言い訳みたいな事言わないでください」

とは言え、蕎麦屋がカフェに改装されることになり、リフォーム業者も入った以上、おれたちはここから出ていかなければならないのだろうか？

どうなる、おれたち？　流行《はや》ったのは一時期だけだった「任侠カジノホテル」も、一度潰れてなんとか復活したけど閑古鳥が鳴いているというのに。

「この前、蒲生さんと話してみたら、住んでもらうのンは構わんちゅう話やった。カフェが開業したら手伝うという条件付きやけど」

「な〜んだ。日帰り入浴兼蕎麦屋が、日帰り入浴カフェになるだけの話じゃん」

あや子さんがお気楽な口調で言い放った。

「今までテキトーなお蕎麦を出してたんだから、次はテキトーなコーヒーとかを出せばいいのよね？」

「そうはいかないと思うっスよ」

おれはあや子さんに警告した。

「なんせ、新しい店長になる蒲生さんの妹ってヒトはチョー完全主義者なんでしょ？　カンペキなコーヒーとか完全なパンケーキとかカンペキなパスタを出せって言いますよ」

「じゃあ完全なパスタを作れるようにイタリアに留学させて貰わなきゃあね！」

あや子さんはあくまでノーテンキだ。

とりあえず東京のオーナーからリフォーム業者に指示を出して貰ったので、おれたちがこのまま二階に住み続けることは、可能にはなったのだが……。


工事開始から数日後。

突然リフォーム工事は中断した。蕎麦屋の土間と厨房と、店の奥を仕切る壁をぶち抜いたところで、工事が止まってしまったのだ。

「どうすんのよ？　壁もない廃墟みたいにしちゃって！　こんなんじゃ生活できな

いじゃない！」

あや子さんが文句を言うが、業者は取り合ってくれない。

「壊すなら壊す、建て直すなら建て直しなさいよっ！」

「約束通りの工賃が支払われないんですよ。こっちだって慈善事業でやってるんじゃないんだ。残りの工事費、耳を揃えて払ってもらわないと、これ以上何も出来ません！　タイル一枚だって貼れないね！」

憤然と言い残して、リフォーム業者の職人たちは撤収してしまった。

「静かになってちょうどええわ」

じゅん子さんが作った山菜蕎麦を啜り終わった黒田が言った。

「美味しかったわ。このへんは山菜が採れるよって、無理してカフェなんか開くより、蕎麦屋を続けたほうがええと思うけどな」

じゅん子さんがコーヒーを淹れてくれた。

店の中央にある焙煎機をなんとか再稼働させて、最近はコーヒーも出すようになっていたのだ。まさに、カフェ・ド・長寿庵だ。

「オーナーが言うには、先行き不安やったらいっぺん妹と会って直接話してくれ、ちゅうことやった。その妹はカジノホテルに滞在してるそうや」

カジノホテルとは、この颯跋町が国家戦略特区に指定されて出来た、統合型リゾートのことだ。廃業した温泉旅館を買い取って華々しくカジノを開業し、黒田も経営に口を出したのだが、いろいろあって経営が変わり、カジノも名ばかりで今はさびれ果てている。

「カジノホテル？　それじゃ、きっとあの人だよ。あたし見たんだ。すっごい美人が、ロイヤルスイートから出てくるところ」

元々が温泉旅館だったカジノホテルだけに、ロイヤルスイートとは言っても、旅館の庭にある、タダの離れだ。

だが、あや子さんはそこで「物凄い美女」を目撃したと言い張った。

「日本人離れした化け物みたいなグラマーで、おっぱいなんか、こんなのがぼよんぼよんで」

あや子さんはバレーボール大のおっぱいを両手で表現して見せた。

「化粧がキツいから美人だけど素顔が想像できない感じで……しかも、その美人は、なんと、この町の町長と一緒だったんだから！」

カジノホテルで土産物販売などのバイトもしているあや子さんは、目を輝かせた。

颯跋町は町長に中央政界との「太いパイプ」があるからか、政権交代以来カジノを始めとして、いろいろな戦略特区に続けざまに指定されている。

「このネタ、週刊誌に売れないかなあ。官邸との太いパイプ！　国家戦略特区の颯跋町長に不倫疑惑！　とか」

「夜も太いパイプでウハウハ、とかか？」

黒田はその目撃情報を一笑に付した。

「ちゃうちゃう。そんな美人がオーナーの妹である筈がないワ。妹はんには一度会《お》うたことがあるけどもや、トシ食った地味ぃ〜な女やったしな。ハッキリ言うてオヘチャや。そのグラマーな美人ちゅうのんは、大方町長のコレやろ」

黒田は今では誰もやらない、あまりにも昭和的なアクション、「小指を立てる」を実演してみせた。

「なあ。ワシらはこの町に潜伏させて貰《もろ》うてるちゅうことを忘れたらアカンで。文春砲が近場に撃ち込まれたら、困るんはワシらや。またあの正体不明の連中が攻撃してくるで。それは困るさかい、通報はやめときＪ」

「そっか……じゃあやめとく」

「しかし……これからどないするか。それが問題やなあ」

黒田が腕を組んで思案し始めたところに、リフォーム中断でまだ残っている蕎麦屋の引き戸が、がらりと開いた。入ってきたのは物凄い美人だ。

それは、あや子さんがさっき喋った「ぼよんぼよんの胸を持つ、化粧のキツい超グラマーな美女」その人だった。

彼女は、工事半ばで放置されたままの店内を一瞥《いちべつ》したとたんに目を吊り上げた。

「ちょっと、どうして工事が中断しているのよ？　来月には本格オープンしたいのに、困るじゃないの？　何やってるのよ！　工事業者はどこ？　すぐに電話して工事再開させなさいッ！」

いきなりの高圧的な物言いに、おれだけではなく全員がカチンと来た。

「あっ、この人だよ、あたしがカジノホテルで見たのは」

あや子さんが指さして叫ぶ。美女は露骨に腹を立てた様子だ。

「人を指さししないでくれる？　失礼ね」

「失礼なんはアンタやろ。いきなり何やねん。アンタに指図される謂われはないデ。そもそもアンタ誰や？」

「誰って、この物件の持ち主の家族だけど？　私は蒲生浩太朗《こうたろう》の妹の蒲生恭子《きょうこ》。あんたたちこそ兄の好意で居候してる分際で、態度が大きいんじゃない？」

驚いたことにこの美女は、この物件のオーナーの妹・蒲生恭子だった！

「アンタ……ホンマに恭子さんか？　普通のＯＬで、もっと地味なオヘチャやった筈やが」

　驚く黒田に妹は言った。

「整形したの。それも全身。人間は自分に投資しないとね」

　そして投資した以上のものを取り戻したと豪語した。

「私はここで理想のカフェをオープンするの。あとちょっとでその夢が叶うのよ！」

「そら無理とちゃいますか。だいたいこの土地建物からして、抵当がやっと外れた段階やで。工費不払いで業者が引き上げたっちゅうのに、カネもない人間がどうやってカフェをオープンするんですかいな？　無知なワタシに教えてくれまへんか？」

　黒田がイヤミたっぷりに訊いた。

「たしかに、今のところ自己資金はゼロよ。でも町長から開業の認可はとったの。認可があればそれは担保になる。信用金庫がお金を貸してくれるはず。それに補助金も出るし」

「ホジョキン？　何の補助金？　一介の、ごくフツーの飲食店にどないな補助金が下りるんやろうねえ？」

かなりアタマに来ている黒田社長は恭子を煽りまくる。

「アンタ金融機関を甘く見過ぎや。あの人らはそんなに簡単に金貸さへんで」

「大丈夫よ。私には必殺のスキームがあるから。とりあえず私は厨房に入るわね。カフェメニューの試作をするから。あなたがたは試食をしてちょうだい」

恭子はオシャレなエプロンを取り出しながら、ああそうそうと付け足した。

「あなたたちのことは兄から聞いてます。ここがカフェになったあとも、地下に従業員寮を作るから住んでもかまわないわよ。行くところがないのならね！」

整形美女はあくまでも高飛車だ。

「ただし地下は倉庫にも使うから、一人あたりのスペースは二畳分しか取れないけど。もちろん、従業員がわりに働いてもらう条件で」

「たった二畳？　ネットカフェと変わらないね、それじゃ」

あや子さんが不満そうに言った。

おれもおそるおそる彼女に聞いてみた。

「あの、お給料は出るんすか？」

「あなた、兄のレストランでタダ働きしてた人ね」

人造美女は地べたの虫けらを見るような目でおれを見た。

「そもそも、お給料なんか要るの？」

要るに決まっている。だが優秀な姉に迫害されて育ったトラウマで、「高飛車な美女」タイプがひどく苦手なおれは強く出られない。

「それは……おれだってカスミを食っては生きられないっすから」

「あら、賄いは当然つけるわよ。それに住むところだってあるわけだし、やっぱりお給料なんて要らないいんじゃない？」

「何言うてるんや！　昔の丁稚《でっち》奉公やあるまいし」

珍しく黒田がおれのために怒った。だったら社長こそおれに満足な給料を出してほしい。どこまで行ってもおれはタダ働きの運命なのか……と絶望しかけたところで新オーナーはけらけらと笑った。

「冗談よ。そりゃ最初から普通のお給料を出すのは無理かもしれないけど、私の理想のカフェはきっと軌道に乗る。いずれ大評判になる。それはもう絶対だから。そうなればお給料だって当然、出せる。いや、出せるはず。出せるんじゃないかなあ……」

揺るぎない自信がだんだん怪しくなってきた。いつも運命に裏切られるおれとしても楽観はしない。現実にはシビアなおれなのだ。

案の定というか、果たしてというか、おれの悪い予感はすぐに現実のものとなった。

「大丈夫だという証拠を見せるわ」

蒲生恭子が厨房に入ってえんえんと時間をかけて作った料理が、ようやく出来あがった。

まずおれとあや子さんが蕎麦屋のカウンター席に座り、目の前に皿が置かれた。野菜のソテーのようなモノに、オリーブオイルと思われるゴールドの液体がかかっていた。見た目は色とりどりでキレイだし、美味しそうだ。

ならば、と一口食べてみると……。

「なんすかこれ？　人間の食いもんっすか？　これじゃ……」

ハッキリ言って罰ゲームだ。プロの料理人ではないおれが言うのもアレだけど、ほうれん草とかゴボウの下処理をしていないから、アクが出て、無茶苦茶にエグい。

「あら。野菜のアクって悪いモノみたいに言うけど、植物が虫に食われたくないから出す防御のためのものなの。ホモゲンチジン酸やシュウ酸、アルカロイドや有機及び無機の塩類、タンニン系物質などね。つまり植物が生命を守るためのものである以上、生命力に直結してる有益なモノなの。そういう植物が作り出した貴重な物質を有効活用しなければ、真のオーガニックとは言えないの。判った?」

「いやしかし……」

あや子さんが作ったものよりもひどい、と言いかけたおれは、危うく口をつぐんだ。世の中には、決して口にしてはならない真実はあるのだ。

だがその当のあや子さんは、常人とはかけ離れた味覚の独自性を存分に発揮して、優雅にフォークを口に運んでいる。

「うん。いいんじゃない? かなりイケると思う。これだったらあたしの作るお料理と同じくらい美味しい……と言っても、過言ではないっていうか」

「あや子、それはホンマか?」

その言葉を聞いて、カウンター席に座ろうとしていた黒田社長と、じゅん子さんの足が、ぴたりと止まった。社長の顔はニコヤカだが、カラダはフリーズしている。

唐突にじゅん子さんが叫んだ。

「あっ私、大事な用事を忘れていたわ。颯跋信金への入金が今日までなの。窓口混むから急いで行ってくるわね」

「おお、ワシもや。ホテルの土産物屋の仕入れで業者と会わんならん」

メシ食うてる暇もないわと、二人とも光の早さで蕎麦屋から逃げ去ってしまった。

「あら、せっかく四人前作ったのに。じゃああなた……飯倉くんね。残りを全部食べて頂戴《ちょうだい》ね。フルコース出すつもりだったけど、たった二人じゃ作り甲斐がないから止めた！　私も忙しいの。今週中に試食会を催すから、招待状を出さなくちゃ」

「あの、ほんとにこの料理、人に出すんですか？」

「そうよ。私は本場イタリアでもフランスでも修業をしたし、免許だって栄養士と調理師と……」

こんな愚問を聞いたことがないというような顔で、彼女は自分が取得した有機栽培なんとか士、オーガニックフードかんとか士、なんとか取扱主任、なんとかオーガナイザー、かんとかファシリテーターなどなど、落語の寿限無《じゅげむ》のように山ほどの資格の名称を並べ立てた。そんな資格いくら持ってたって、この料理のこの味では……。

真実を口にする勇気はないが、その代わりにある提案をしてみた。おれなりの、事態を打開する名案だ。

「あの、おれ、あなたのお兄さんのレストランで半年働いて調理経験あるんで、代わりに厨房に立ってもいいっすけど」

おれが作るイタメシの方が格段に美味い。というか、少なくとも普通に食えるものは出せる。しかし彼女はニベもなく拒絶した。

「何を言うのよ！　これから開業するのは、私が長い間夢見てきた、私の理想のカフェなの！　私が内装を考えて機械も仕入れて、空間も味も、何もかも私が思い通りにデザインするのよ。厨房にも私が立って私の料理を出さなければ意味がないでしょうが！」

新オーナーに物凄い剣幕で言われたので、おれは引き下がるしかなかった。

とは言え、店は取り壊し途上の廃屋同然だから、このままではお客を招いての試食会は絶対に無理だ。

仕方なくおれが工夫し、あや子さんの協力も得て、カフェの内装と見えなくもない、そこそこお洒落な空間をでっち上げた。

百均で買い込んできたカフェカーテンや安い布を駆使して、「ペリエを飲むような人たちが田舎の廃屋でオシャレなピクニック・パーティをしている」という苦肉のコンセプトな空間に強引に変えてしまったのだ。なんちゃってお洒落カフェ・激安コーディネートだ。我ながら、おれとあや子さんには、この方面の才能があるんじゃないか？

そして試食会当日は、ホールはあや子さん、レジはじゅん子さんが担当することになった。おれは調理補助と、忙しい時はホールも担当という役割を振られた。

だが、黒田だけは店に出るなと恭子さんが言い出したので、事態は紛糾した。

「黒田さん。あなたは兄の知り合いかもしれないけれど、あまりにも、私の考えるカフェの雰囲気とはかけ離れすぎているの。だから、人前には出ないでくださる?」

「なんやその言いぐさは? 人をワイセツ物みたように言い腐ってからに」

「そう。文字通りそういうこと。お洒落なカフェ空間にあなたがいると、まるで、真っ白なウェディングケーキの上にゴキブリがいるみたいに目立っちゃうの。だから、どこかに行って。はっきり言って、あなたのことはもう、顔も見たくないの」

ほ〜お、と黒田の顔が笑った。しかし引《ひ》き攣《つ》っているのがハッキリ判る。

「よう判ったわ。わしも、アンタの兄やんに義理があるから我慢してきたが、顔も見たないのはこっちのほうや。ほたら、これきりにさせて貰いまっさ!」

まあ実際に美女の言うとおり「ケーキの上のゴキブリ」なのだが、それにしたって言いようがあるだろうと思っていると、あや子さんが怒ってカフェエプロンを投げ捨てた。

「ちょっとあんた、あたしの黒ちゃんになんてこと言うのよ! 黒ちゃんを追い出すなら、あたしだってこんな店、手伝う理由も義理も人情もないからね！」

じゅん子さんも静かに帳簿を閉じ、電卓をそっとテーブルに置いた。

「私も出て行きます。人の意見に耳を貸さない人間は、リーダーとしても、経営者としてもダメです。あなたの熱意は認めますけど、数字を見るかぎり、このカフェの経営が将来的にも持続可能とは、とても思えません」

「じゅん子の言うとおりや。こんなクソ店、潰れるのも時間の問題やで。けったくそ悪い」

探偵社の四人のうち三人までが出て行ってしまうのか？

おれも追従しようと慌ててエプロンを外そうとした時、黒田が言った。

「飯倉。お前は残らんかい」

「は？　なんでですか」

「そこの勘違い女の兄やんとの約束がある。妹をよろしゅうに頼むと言われたんや。誰か一人でも残らんといかんやろ。これは渡世の義理や」

判ったな！　と社長にドスの効いた声で凄まれては、イヤとは言えない。

そういうわけで、おれ一人がカフェ・ド・長寿庵に残され、他の三人は閑散としたカジノホテルに住み込むことになってしまった。

こうして試食会当日に危機的状況に陥ってしまったのだが、そんな内情はお客さんには関係ない。

タキシードやパーティドレスに身を包んだ自称食通のセレブたちが、苦肉の策のなれの果てとでも言うべき大胆な店のインテリアを口々に称賛した。

「完全に意表を突かれました」

「野戦病院の昼食、というコンセプトは常人では思いつかない天才ならではの発想ですね」

「野趣溢れるインテリアで創意溢れるオーガニック料理を味わう……思想が徹底していて清々《すがすが》しいです」

と、客たちは口々に褒め称《たた》えている。こいつら全員、正気か？

「フェイスブック拝見しました」

「いつも美味しそうなお料理の写真、楽しみに見ていたんですよ」

「今日は見るだけじゃなくて、実際に味わうことができるなんて……夢のようです」

「インスタグラムの自撮りで見るよりも、実物がはるかにおきれいでびっくりしました」

客は歯の浮くような美辞麗句の数々を繰り出して、恭子さん本人までを褒めだした。この人工整形美女は、ここまでチヤホヤされるべき存在なのか？　おれは頭がくらくらした。

みんなお洒落な格好をして、全員の意識が高そうだ。美女と一人ずつハグをして、中には左右の頬に代わる代わるキスをしている人までいる。全員がフェイスブックで知り合った、いわゆるリア充なんだろう。

小学校や中学高校時代の、そして彼女がOLとして働いていた職場の知り合いは呼んでいないのか？　イヤイヤ、彼女は整形をしまくって別人になったのだし、ありとあらゆる友人知人から金を借りまくって失踪したのだから、彼女の昔を知るヒトは絶対に呼べないのだ。

ともかくおれは蕎麦屋の食卓をくっつけて白いクロスで覆った長テーブルに、料理を並べていくしかない。

客は全部で十二人。

「数にこだわってみたんです。最後じゃなくて最初の晩餐《ばんさん》、いえランチですわね」

恭子さんはにっこりと微笑んだ。

ホール担当はおれ一人なので、十二人分ともなると、サーブするのはてんてこ舞いだ。

料理の見た目は綺麗なので、美女の遠来のネット友達は全員が歓声をあげ、手に手にスマホをかざして料理の写真を撮り始めた。

「写真もけっこうですが、冷たいものは冷たいうちに、温かいものは温かいうちにお召し上がりください。ボナペティ！」

まず出されたのは、オードブル。この前おれたちが試食させられた、黄金の拷問料理だ。

選び抜かれたワインで喉を潤して、招待客はおもむろに、ひと口目を口に運んだ……。

噛みしめた途端に、全員が微妙な表情になった。

「野趣溢れる味……と言うべきですかな」

首にぼろきれをグルグル巻いたファッションの男がようやくコメントし、他の客もぶんぶんと首をタテに振った。

「そうですよ！　まさに野趣溢れる大自然の味！」

「タンニンに乾杯！」

厨房では、おれと美女がすでにてんてこ舞いになっていた。コースの順序なんか無視して、出来上がったモノからどんどん出すしかない。フレンチかイタリアンかよく判らない料理を、とにかく出していく。

オードブルの次はパスタ料理。

「ほほう。スパゲットーニですかな？　スパゲットーニの、ペペロンチーノ仕立て」

極太のパスタに鷹《たか》の爪の赤とアサツキの緑が際立ち、ニンニクの存在感に粉チーズが雪のようで、息を呑む美しさだ。

しかし、この太麵の出処《でどころ》をおれは知っている。潰れかけの、近所の食品スーパーだ。自家製のスパゲットーニを作ろうとして失敗し、おれが買いに走ったのだから間違いない。

商品が動かない店だけに賞味期限ぎりぎりの古さだ。その上アルデンテに拘《こだわ》ったものだから、博多ラーメンで言う「粉落とし」程度にしか茹でていない……。

「あ」

客の一人が小さく叫んで口を押さえ、ナプキンに何かを吐き出した。ゴリっという音が聞こえたので、たぶん歯が欠けたのだろう。

しかしまあ、ここまではまだ良かった。少なくとも料理の「見た目」だけは美しかったのだから。

パスタの次に用意ができたのはピザだった。超高級本格料理を出すカフェのはずなのに、パスタの次がピザ？　いやそもそもカフェが高級本格料理を出すというコンセプト自体がおかしいのだけど。

そしてそのピザは生焼けで、生地がほぼ生だった。恭子さん特製のトマトソースは見た目からして味が薄そうで、彼女がここに乗り込んできて最初に仕込んだベーコンも、燻製し過ぎて火事場の焼け跡のような臭いが強烈だ。

「私が栽培したルッコラをご賞味あれ」

恭子さんがニコヤカに勧めるので、お客たちも微笑んで口に入れたが……「?」という表情になった。近所に生えていたスズシロがその正体だ。おれが抜いてきたのだから間違いない。

「あの、申し訳ないですけど、お塩をいただけません?」

ついに堪《たま》りかねたお客の一人が極めて遠慮がちに申し出た。だがそれを恭子さんに取り次ぐと、彼女は烈火の如《ごと》く怒りだした。

「お塩?　とんでもないわ。うちではそんな健康に悪いものは食卓に絶対、置きません!」

言下に拒絶され、代わりにオリーブオイルの小瓶を押し付けられた。

「本物のオーガニックのエクストラバージンだから」

しかし……いくら健康に良くてもオリーブオイルは塩味の不足を補うものではない。

恨めしそうな顔でピザにオイルをかけている客の姿を見て、おれは胸が痛んだ。

しかも、調理人が一人しかいないので、料理と料理の間が非常に開いてきた。

あくまでも手作りにこだわる調理の手順の煩雑さ、十二人分を作るという作業量の多さ、そして美女の段取りの悪さが相俟《あいま》って、カタストロフが近づきつつあった。

「次は……これしかないわね！」

彼女が盛りつけたのは、またもやパスタだった。スパゲティ・カルボナーラ。微妙な、いやハッキリ言ってひどい味の料理の唯一の取り柄だった「見た目の良さ」すら最早かなぐり捨て、汗みどろでワシワシと盛りつけた皿を、美女はおれに「持ってって！」と突きつけた。

そのカルボナーラも、壊滅的な出来と言うしかなかった。今度は茹ですぎてグズグズで、フォークに巻こうとしてもぷちぷち切れてしまう。ソースも固まった卵黄と、アホほど入れた黒胡椒《くろこしょう》がカエルの卵のようで、なめらかさがまったくない。

涙ぐみ、咳《せ》き込む客たちをおれは見ていられなくなり、逃げるように厨房に戻った。

最初は和気藹々《わきあいあい》と話していた客たちだが、次第に口数が少なくなり、今や顔が引き攣って完全に無言の、ほとんどお通夜状態だ。

次の料理がなかなか出来上がらないから、間を持たそうと次々注文される飲み物をサーブしながら、おれももう居たたまれない。

これでは時間制限食べ放題なのに全然食べ物が出てこない、ボッタクリ店よりひどいぞ。

「はい！　セコンドピアットよ！　まずはお肉ね！」

オーブンから出てきた肉の塊は、ローストビーフなのだろうか？　表面は焦げ目がついてじゅうじゅう音がして、香ばしい香りさえ漂っている。

これは間違いないだろう！　という満場の期待が盛りあがった。全員の目が飢えている。

恭子さん自らが、デカいナイフで切り分けようとすると……断面から鮮血が流れ出した。

レアもレア、まるで火が通っていないから、生焼け以前の、生肉同然なのだ。

「これ、どうしたの！　飯倉くん！　アナタ、オーブンの温度間違えたでしょ！」

美女がおれを叱責した。しかししかし、おれは給仕をするだけで、まったく調理にタッチしていない。オーブンには触ってもいない。完全な濡《ぬ》れ衣《ぎぬ》だ。

「本当にごめんなさい……あんな子に任せたのが私のミスでした……」

美女は今日初めて頭を下げて謝った。

「では次は、魚料理を……スズキのポワレを」

「あ～、それはもうイイですマドモワゼル」

ぼろきれを首に巻いた食通らしき男が手をあげて制止した。

「大変残念ですが、我々はすでに、お腹イッパイになってしまった」

招待客全員の顔に、「生きて帰りたい」という願望が浮かんでいるのをおれは見逃さなかった。肉があああなのだから、さらに危険な魚料理なんか口にしたくないという思いが、ひとつになって店内に渦巻いている。

「あら……それは残念。せっかく用意を」

「デザートをいただけませんか？」

これもグルメブログが評判だという若い男が、ニコヤカに言った。

「お客様がそうおっしゃるなら、判りました……では、自信作のティラミスを」

恭子さんは昨日仕込んで冷蔵庫に入れてあったティラミスを取りだし、彼女自身がテーブルで切り分けた。

しかし一番上の層がカチカチに硬くてナイフが入らない。そこを無理に切ろうとして全体が押し潰された結果……。

「あっ！」

「おお……」

「いやっ……クリームがお洋服に！」

自称「ティラミス」の大部分が飛び散り、皿に残されたものはグチャグチャの、「生クリームの固まりに似た何か」だけだった。

なんともいえない失望というか怒りというか飢えというか、食への冒瀆への抗議というか、不穏極まりない空気が流れた。

ここまで、実に三時間。普通なら三十分もかからない工程だ。それを招待客たちは驚くべき忍耐で持ち堪《こた》えたと言える。

わずかばかりの生クリームの固まりを食べ終えた客たちの顔には、だが、安堵の表情が浮かんでいた。ああやっとこれで苦行から解放される、という悦《よろこ》びさえ感じられる。

だが、一同の前に進み出た美女が挨拶をして……そこでトドメのトラブルが発生した。

「それではみなさま、本日はありがとうございました。皆様はご招待致しましたが、お飲み物の分だけ、大変申し訳ないんですけれど、お代を申し受けますね」

そう言いながら美女が領収書を配ると、そこにはかなりの金額が記されている。

「ギャル利根《とね》さんはローズヒップティーのポットをおかわりされましたので五千円ね」

「えっ……あんな酸っぱいだけのお茶に……」

言葉を飲み込んで財布を出した女性客の、全身から噴きあがる恨みの念が、おれには見える気がして戦慄した。

他の客もグラスワイン三杯に三万円、あるいはシェリーやグラッパに五万円など、凄い値段を請求されている。

「こんな山の中のど田舎に来るのに、交通費、いくらかかったと思ってるんだ！」

「味無しピザに、硬すぎるかグダグダすぎのパスタ、苦いだけの野菜ソテーを食わされて……ほとんど拷問だろ！」

と呟きながらも招待客は全員「自称」リッチなセレブで、しかもＳＮＳのフレンズだった。お互いの手前、格好をつけるしかない。食い物の恨みを押し殺し、みんな、逃げるように帰って行った。

「ま、なんとかなったわ！　じゃあ後片付けお願いね。私はもう疲れ切ったから」

恭子さんはさっさと引き上げてしまった。

＊

厨房でゴミと食べ残しの山と格闘しているうちに夕方になった。

「今夜は大事な会合があるの。飯倉くん、私のお伴《とも》兼運転手兼カメラマンをやりなさい」

シエスタから目覚めた恭子さんはシャワーを浴びて髪をセットし、フルメイクでドレスアップしている。人使いが荒すぎるが、黒田よりはマシだとおれは我慢した。

「今日はたくさん写真を撮ってもらいたいの。場所はこの町が誇る超高級ジビエ料理の店よ」

本当の高級ジビエ料理が食べられると期待して、おれはいそいそと同行した。ジビエって鹿だろうか、それとも猪《いのしし》だろうか。猿だったらかなり引くなと予想するだけで、口の中に唾が溜まってしまう。

『シェ・モモンジ　猪鹿腸《いのしかちょう》』は颯跋神社にほど近い山中にある、和風建築のレストランだった。入り口にはグリズリーのような巨大な熊の剝製が屹立している。

「ここはジビエだけではなく、内臓料理も美味しいのよ」

美女はトクトクと説明した。

「今日は何人か大事なお客様を接待するから、粗相のないようにね」

店内の壁にはお約束の、立派なツノのついた鹿の頭がたくさん飾られている。猪の剝製も置かれて、ジビエの店であることを強烈にアピールしている。

今夜の「大事なお客様」第一号は、地元の信用金庫の支店長だった。

「この会合で融資が下りるかどうかが決まるの。とっても大事な日よ」

恭子さんは決然とそう言い放った。

「手持ちのお金なんて、もう全然ないんだから。建物の改装費用を貸してもらわなければならないの。それも無担保で」

そんなことが可能なのか？　もしかして彼女は、カラダを使った肉弾攻撃で、融資を引き出すつもりなのだろうか？

たしかに恭子さんはグラマーで美女な改造人間で、その全身から発散されるフェロモンたるや、死者さえ墓から甦るほどのものだが、それだけで巨額の融資が下りるのか？

この店『シェ・モモンジ』の主人は、町長の従兄弟《いとこ》で、颯跋信用金庫のＯＢでもあった。

「いやーいつ来ても良い店だね。私だけじゃない、支店の人間もみんながここを使わせてもらっているから、君が信金を辞めたという気がしないんだよ」

個室に入ってきた支店長は、挨拶に来た主人と親しげに話している。

「いつもの裏メニューを出して貰えるかな」

その時、美女がおれに耳打ちした。

「ここは、あの国民的警察ドラマに出てくる小料理屋と同じなのよ」

「は、どういう意味すか？」

「一般のお客が入っているのをほぼ見たことがない、という意味。実質上、ある組織御用達になってるってこと」

言われてみれば、店の中にいるスーツを着たお客全員が信金マンのように見える。銀縁メガネ率と頭髪七三分け率が半端ではない。

大事なお客様といっても信用金庫の支店長クラスか。それなら大したことはないと安心したおれだったが……間もなく、レストランの入り口が騒がしくなり、店内にざわめきが広がった。

個室に入ってきた人物を見て、おれは棒立ちになった。

それは日本人なら誰でも顔を知っている、中央政界の、とてもとても偉い人だったからだ。シモジモのおれなどが話しかけるのも、いや、その名前や肩書きをあげるのさえ憚《はばか》られる、それだけ偉い人なのだ。まさか、日本国を代表する偉い人が、こんな小さな町の、山の中のレストランに姿を現すとは……。

おれが呆然としていると、恭子さんにどやされた。

「何をしているのよ飯倉くん。ほらっ、早く写真撮って！」

その偉い人に臆することなく寄り添った美女が、おれに命令した。

おれは震える手でシャッターを切り、そこでファインダー越しに「雲の上の偉い人」の隣にいるのが、颯跋町の町長であることに気がついた。町長なら選挙の時にポスターで顔を知っている。

それからおれは、美女に指示されるまま、山ほどの写真を撮り続けた。

鹿肉料理に舌鼓を打つ一同。大皿に盛られた猪の頭に驚く一同。店の名物の臓物と豆の煮込み料理の大写し。壁に飾られた鹿の頭の前でにっこり笑う偉い人と、美女と信金支店長のスリーショット。バーカウンターでマムシ酒を飲む一同、などなど……。

あまりにもたくさんの写真を撮られるので、おれは恭子さんに聞いた。

「一体どうするんすか、こんなにたくさんの写真」

そんな愚問を発するなという顔で人造美女は答えた。

「焼き増しして、支援者の皆さんに配るのよ」

支援者とは、颯跋町にオーガニックカフェを作る後押しをしてくれている人たちらしい。

「そうすれば、もっと寄付が集まるの。忖度《そんたく》ってわかる？　世の中を動かす力よ」

カフェを作るのにどうしても資金が足りず、最初はクラウドファンディングに頼ったと彼女は言っていた。だが、必要な金額に対して、集まった寄付はまるで足りないらしい。

「この写真はフェイスブックにもあげるの。そうすればこの町だけじゃなくて、全国の支援者の方の目にも触れるでしょう？　私のオーガニックでサステナブルなカフェの開設が、国家的にも意義のある事業だということが、広く全世界に理解されるの」

しかしおれの撮った写真には、もっと重要な役割があった。

「この額の融資だと本店決裁になりますが、この写真を稟議書《りんぎしょ》に添えれば、無担保でも問題なく融資は下りるでしょう。ところで保健所からカフェ営業の認可は下りるんですよね？」

それはもう間違いなく下りる、と町長が支店長に断言するのをおれは聞いた。

「土地建物の評価額よりはるかに多い融資をお願いするわけだが、『認可確実』という見込みは最大の担保になるからな」

おれは半信半疑だった。確かに雲の上の偉い人がやってきて、カフェの経営者と一緒に食事をし、その場に町長や信用金庫の支店長もいて、おれが写真を撮ったが……そのくらいのことで簡単にお金が借りられるのなら、誰も苦労はしないじゃないか。まあ、エライ人と誰もが同席できるわけではないとは言え。

しかしその翌日から、事態はおそるべき速度で進み始めた。それはまさに「神風」が吹いたと表現する以外、的確な言葉が見つからないほどの、急速な進展だった。

「こちら町長さんから紹介された建築士の方よ。リフォームに関しては日本一の匠《たくみ》！」

恭子さんに案内されて我がカフェ・ド・長寿庵、いやオーガニックカフェ・ド・長寿庵に入ってきたのは、目付きの悪い、黒ブチメガネの小太り中年だった。

彼は廃墟同然の建物をためつすがめつ見た。

「なんとかなりますでしょうか？」

「私に不可能はありません。なんでもリフォームします。すべてはカネが解決します」

ああそれなら、と美女は破顔一笑した。

「お金は青天井で用意できますから」

その返事に、匠は頷いた。のちのち、この人物は「わるだくみ」と呼ばれることになる曰《いわ》く付きの建築士だったのだが……。


匠が下見に来た翌日から早くもリフォーム工事が再開したと思ったら、みるみるうちに倒壊寸前の元蕎麦屋兼日帰り入浴施設は、お洒落なカフェに生まれ変わってしまった。面倒な日帰り入浴は止めて、温泉は全量カジノホテルに回すことにして、完全な「オシャレカフェ」として再生したのだ。

「当然、料理人も入れるんすよね?」

念のためにおれは訊いてみた。

「どうして? 私の夢のカフェなんだから、お料理は全部私がやるわよ、今までどおり」

それだけは止めたほうがとおれは思ったが、美女の自信に溢れて輝く表情を見ると、何も言えない。

店は匠の手によって完全に、別物になった。

店内の空間がお洒落になっただけではない。居住部分についてもお約束三点セット「急すぎる階段」「脱衣場のない風呂場」「崩壊寸前の物干し」などがすべて改善されて、あのリフォーム番組の、音楽に乗せてバラ色の生活が待っているような美しい建築に変身したのだ。

店舗部分には、やはり見えるところにコーヒーの焙煎機、カラフルなタイルで貼った石窯などが設置された。どれも新調で、もちろん一流の本場外国製の機器ばかりだ。

自己資金ゼロどころか、借金まで抱える状態だった美女は、廃屋同然の蕎麦屋から一転、表参道《おもてさんどう》にあると言っても通じるような、最先端のお洒落なカフェを実体化させてしまったのだ。

　荷物を取りにきた黒田社長は、その錬金術を目の当たりにして、腰が抜けるほど驚いた。

「エラいもんや。自己資金ゼロでこれかいな。これは、例えて言えば、飲食店の割引クーポンだけでタダ食いしたのと同じや。何枚あってもクーポンはクーポンで、全額タダ言うわけにはいかんが、あの人工の別嬪《べっぴん》はんはそれをやりよった！」

　詐欺師もビックリ仰天や！　と舌を巻いていると、奥から恭子さんが出てきて黒田と鉢合せになった。

「あら。私は詐欺師呼ばわりされてもいっこうに平気よ」

　彼女はまったく悪いこととは思っていない。

「私の理想のカフェをどうしても形にしたいの。それはこの国のカフェ文化にとって非常に意義のあることで、お金なんかまったく問題じゃないの」

　それはおれにもよく判った。金に糸目をつけずコスト意識ゼロで突っ走った結果、元の店は開店すらできず、彼女も失踪というか夜逃げをする結果になったのだから。

「アンタはお金は問題やないと思うとる。それは結構。しかし、アンタ以外は全員、お金が重要やと思うてるんやで」

黒田は、あの匠にはいろいろ悪い評判があって匠ならぬ「わるだくみ」と呼ばれている、という裏情報を披瀝《ひれき》した。

「あそこはとかくの噂のあるところやで。それが気になるねん」

「うるさいわね。黒田さんにはもう関係ないことです。とっとと帰ってください」

「あとで吠《ほ》え面《づら》かくなや！　サイボーグが」

黒田は嫌味を言って去って行ったが、その「わるだくみ」が、夜になってやって来ると、美女に相談を持ちかけた。その場に居合わせたのはおれだけだ。

「ここまで作り込んだのですから、いっそのこと、外の庭も綺麗にしませんか？」

「でも、さすがにもうお金がないのよ。信用金庫から下りた融資は全額使ってしまったし」

「いい方法があるんですよ」

と、わるだくみはにやりとした。

「まだ申請していない補助金が山ほどあります。それを活用しない手はありませんし」

わるだくみは自信満々に言った。

「補助金をもっと引っ張りましょう。庭に産廃が埋まっていたことにすればいいんです。その補助金があれば造園も出来ます！」

「補助金を引っ張るって……できるの？」

「できます！」

わるだくみは胸を張った。

「要するに、庭から産廃が出て来ればいいんです。そんなの、仕込むのは造作も無いことですよ。朝飯前です」

わるだくみはヒヒヒと笑った。

「お庭はあとでいいと思っていたけれど……そうね。貰えるものならなんでも貰わないと損ね」

彼女は簡単に同意してしまった。

おれは聞いていてとても悪い予感がしたが、ハーブをたくさん植えたイングリッシュガーデンを作るのだ、とはしゃぐ美女を見て何も言えなくなった。

「ついては、ここに私どもが作った契約書がありますから、サインしてください」

わるだくみは美女に書類を差し出した。

「これはお庭を作る工事契約書よね？　どうして金額の違うものが二通あるの？」

「一通は県の農業課に、もう一通は農水省に出すものです」

よく人を見て法を説けと言いますが、とわるだくみは言った。

「申請する役所によって必要な工事金額を変えることは、いわばこの業界の常識です。そうすることで補助金・助成金の申請が非常に通りやすくなるのです」

「そういうものなのね」

「そういうものです！」

美女は何の疑問も持たない様子で頷き、両方の書類に署名して実印を押した。

「ついでに、こちらの覚え書きにも署名捺印《なついん》してもらえますか？」

それは、この契約書の作成を美女がわるだくみに依頼したという確認書だった。

追加の補助金もすぐに下りた。最近の「お役所仕事」とは、こんなにも物判りが良くて迅速なのか、とおれは驚愕した。

しかし、その数日後。

颯跋町議会の野党議員が町議会で質問をしたことで風向きが変わった、らしい。

この件は後からおれが聞いた話だ。

「この地場産業振興に関する補助金、おかしいじゃないですか。通常は審査に一年ぐらいかかるはずなのに、年度が変わった途端に執行されている。しかも、この補助金を受けたカフェの実態をご存知ですか？　こんなひどい料理を出しているんですよ？」

その議員が証拠として示した写真には、崩壊したティラミスに鮮血迸《ほとばし》るローストビーフ、そして煮込まれてぐずぐずのカルボナーラが写っていた。

「そして、ネットでの評判はこうです」

その議員は「味がしない」「パスタが溶けそうにグダグダ」「次の料理が出て来るまでに三十分！　老舗《しにせ》の鰻《うなぎ》屋か！」「アルデンテ過ぎて歯が欠けた」等々の、クチコミサイトの書き込みを読み上げた。

それらは恭子さんのカフェの試食会で撮られた写真の数々であり、出された料理についての、忌憚《きたん》のない感想だった。

「町は税金を投入して、こんなヒドい料理を出すトンデモ・カフェを援助するんですか？」

この質疑に独自取材を加えた地元新聞「颯跋新報」の記事がスクープとなって全国を駆け巡り、一気に世論は沸騰した。

その圧力に耐えられなくなった颯跋町長は、あと数日で正式オープンというところまでこぎ着けていたカフェの営業認可を、あっさり取り消してしまった。

「ひどいじゃないの！　今さら認可を取り消すなんて、話がまったく違う。裏切ったわね！　私、どうしたらいいの？」

　美女は町役場に乗り込んで町長に食ってかかった。

「済まない。けれども今は時期が悪い。必ず、必ず悪いようにはしないから、一時、身を隠してくれ」

　その言葉に従って、彼女は店の地下に作った従業員の居住空間に身を隠した。

　しかし怒り狂った人々とマスコミは、容赦なく店に押し寄せてきた。

「えー、このように一面に生い茂っているのは雑草ではなくミントだそうですが、これを問題のカフェの経営者はイングリッシュガーデンだと言い張っているわけです。この庭には土壌汚染撤去費用として、県と国からの補助金、計八千万円が投入されています」

　店の庭先からニュースが中継されているのを、おれは店の地下室のテレビで観ていた。

　スタジオのキャスターが深刻そうな顔で相槌《あいづち》を打った。

「イングリッシュガーデン？　とてもそのようには見えませんねえ」

「はい。補助金不正取得のための疑惑のガーデンと地元では囁《ささや》かれています」

　裏庭には本当にミントを植えた。しかし、おれたちの想像をはるかに超える繁殖力でミントは爆発的に増えて、庭一面がミントだらけになり、それでは収まらずにミントは敷地の外にまで増殖し続けていた。

しかしこれをマスコミが「雑草だらけの疑惑のガーデン」と報じたので、世論もネットも炎上してしまったのだ。

すべての補助金は凍結されて、工事代金が支払えなくなり、リフォーム業者が代金の代わりとして、カフェと土地を差し押さえることになってしまった。

それでも恭子さんは町長との約束を信じ、一縷《いちる》の望みを抱いて身を隠し続けた。

だがこの騒ぎは、恭子さんの兄が経営する東京のフレンチレストランにまで飛び火した。妹のカフェの借金に連帯して、蒲生氏所有の土地建物までが、銀行や税務当局に差し押さえられそうな事態に立ち至ったのだ。

「わしら、あの人には世話になっとるから、恩返しにいかなあかん。人造人間のクソ妹よりはるかに大事や。密かに東京に行ってくるで」

黒田はじゅん子さんとあや子さんを引き連れて東京に行ってしまった。

ここにはおれだけが取り残された。つまり、追い詰められ、手負いの獣のようになってしまった恭子さんと二人きり、ということだ。嗚呼《ああ》、またおれは損な役回りを押しつけられてしまった……。

おれも脱走したくなったが、そうもいかなくなった。その気配を敏感に察知した恭子さんが、おれに縋ってきたのだ。

「私、怖いの。私を助けてくれた人たちがみんな手のひらを返して、私を見捨てて逃げて行っちゃう……」

恭子さんのぽってりした唇がおれの口を塞ぎ、その手はおれの下半身を這った。

自慢じゃないが、こういう場合は絶対に遠慮もしないし自制もしないおれは、早々に準備完了状態になった。

「あらあ？　若いっていいわね」

恭子さんはさっさと服を脱いで全裸になると、その豊満な裸体を見せつけるように、騎乗位でおれと交わり始めた。

巨大な双丘が、おれの上でぷるんぷるんと揺れるのは壮観だ。それに豊満なのにきゅっとくびれた腰がくねくねと、まるで違う生物のようにくねりまくるのも凄い。もちろん、肝心の女芯の締まりも……。

しばらくオナニーすらするヒマのなかったおれは、あっけなく果ててしまった。

「あらあ。若いってせっかちねえ」

恭子さんはおれの欲棒をキレイに舐めてくれると、そのままフェラに移行した。

その舌戯は抜群で、おれのモノはあっという間に復活した。

「じゃあ今度は後ろからお願いね。アニマルな気分になれるから」

ご要望通りに、おれは後背位で彼女を責めた。くいくいと腰を使いながら手を伸ばして、豊満な乳房を揉みしだき、指の間に乳首を挟んでクリクリしてやった。今まで下僕のように扱われた、その鬱憤を晴らす気持ちもあったが、そうするのが純粋に、セックス的に凄く快感だった。彼女の女体はセックスには最高の状態にチューニングされている感じだ。これが人造なのか？　科学の威力ってここまで凄いのか？　おれは「進歩」を実感した。

めくるめくセックスが終わり、おれたちは従業員寮の狭いベッドに並んで横たわった。「どうしてあなた、こんなに優しくしてくれるの？」

恭子さんはぽつりと言った。

「私はこんなにイヤな女なのに」

自覚はあるらしい。

「いやいや、どんなにウエメセでイヤな女でも……あっすいません。ついホントのこと言っちゃって……いや、どんな人でも、こんなツラい目に遭わされて、寄ってたかってボコられるのは良くないっていうか……見てるおれ自身がツラいんすよ」

「私はどうしたらいいんだろう……兄にまで迷惑をかけてしまって」

そのお兄さんを助けるために、黒田たちは東京に行っているのだが……。

そうだ、とおれは閃《ひらめ》いた。

黒田に頼ればいいのだ。この人に力を貸すことが、お兄さんのレストランを救うことにもなる。

おれはスマホを手に取り「社長」の番号をタップした。

『なんやワレ。ワシは忙しいねん。今やっと全部の銀行と話つけたところや』

「助けてほしいんです。この窮地を逃れることは社長にしかできません！」

おれが必死に社長を説得した結果、泣き落としには弱い、人情家でもある黒田は
「お前がそこまで言うなら」と了解してくれた。

元蕎麦屋改めカフェはデモ隊やマスコミに取り巻かれていたが、さすがに深夜には、全員が引き上げて静かになる。

その隙を突いて黒田たちが突然、店に現れたのでおれは仰天した。

戻ってきた黒田は、まず美女の話をじっくり聞くことから始めた。

「ふんふんそれで？」

「あんたの気持ちはよう判るわ」

普段おれの話などロクに聞かず、すぐ手が出る社長と同一人物とは思えない対応だ。最初は怯えていた恭子さんが黒田を縋るように見つめる目の光りが、どんどん強くなってゆく。まさに「人たらし黒田」の面目躍如だ。ヤクザってホントに怖《おそ》ろしい。

「それで、あんたが今言うたこと、裏付ける書類かなにか残っとるんか？」

「はい。整理はしていませんが」

彼女はブランドものの巨大なトートバッグに乱雑に突っ込まれた書類の束を持ってきた。

それを全部、地下倉庫の事務机にぶちまけた黒田は、じゅん子さんと二人で精査を開始した。夜食はおれが作った。恭子さんとあや子さんは絶対、料理に手を出さないこと。それが手助けをする絶対条件だと、じゅん子さんにきっぱりと申し渡されたからだ。

そして夜が明けた。さっそくカフェを取り囲むデモ隊のシュプレヒコールが聞こえてくる。

「極悪カフェはすぐに解体しろ〜！」

「更地に戻せ〜！」

「町有地を返せ〜補助金を返せ〜！」

「残飯を町民に食わせるなっ！」

ネットに出回った、さながら残飯のようなティラミスの写真、そして恭子さんの顔画像と「女狐《めぎつね》を百条委員会に！」のプラカードが、今朝もカフェの周りを埋め尽くしているのだろう。

「その残飯食うのンも高《たこ》つくんやで」

黒田はシュプレヒコールに笑った。

そしてお昼前。黒田はＵＳＢメモリーを恭子さんに示した。

「この中身はなんや？　業者の話？　それに間違いはないいな？」

いくつもの質問をして文書や音源の確認を終えた黒田は、じゅん子さんと視線を合わせ、うなずき合った。

「いけるな。イケるで。この勝負、勝てるで。これだけ証拠が揃とったら」

大きく頷いた黒田は、美女に言い放った。

「あんた。喚問に応じなはれ。百条委員会の証言台に立つんや」

「そんな……ハイエナみたいな議員に八つ裂きにされてしまいます！」

と、最初はひどく怯えていた恭子さんだったが、黒田の「な〜んも怖がることはない。ほんまのことだけ証言したらええ。都合の悪いことは『刑事訴追されるおそれがあるため、証言を控えさせていただきます』言うたら、それでオーケーや」という言葉で心が決まったようだ。じゅん子さんも付け加えた。

「何人《なんぴと》も、自己に不利益な供述を強要されない。これは憲法第三十八条で保障されている権利だから。社長の言ってること、うそだと思うかもしれないけど本当よ」

社長は悪党らしく、さまざまな法律に詳しいとは思っていたが、憲法にまで通暁《つうぎょう》する人だったのか！

ついに颯跋町議会の百条委員会が始まった。

喚問されているのはもちろん恭子さん。町のケーブルテレビが中継しているが、画面には田舎町には不釣合な物凄い美女が映り、その弁も立つことに視聴者は驚いた。

「自己資金がゼロになっていたことは事実です。けれどもそういう風が吹いて、いろいろな方たちに背中を押していただいた結果、カフェがオープンにこぎつけたと、私はそういうふうに思っています。何の恥じるところもありません」

「しかしあなたのカフェに営業認可が下りた経過はおかしいんじゃないですか？

通常、飲食業で一定の期間勤務した経験がなければ認可は下りない筈だ。あなたが出した書類には××県××町、これは離島ですね、そこの店名『肉食美女』が書かれているが、これは飲食店ではなく、風俗業、はっきり言って店舗型のデリヘルじゃないですか！」

「そこで私は従業員に、焼きそばなどのエスニックなお夜食を作って出していたんです！」

「詭弁《きべん》です。『肉食美女』は飲食業の営業認可は取っていない。あなたがそこでやっていた仕事は調理ではなく、ズバリ、デリヘル嬢だったんじゃないですか？」

「その発言は不当な偏見と差別に基づくものであり、プライバシーの侵害です。議事録からの削除を求めます」

そんな感じで喚問が続いた。恭子さんは気丈にもよく耐えて、精神的にも肉体的にも、恐るべきタフネスとしぶとさを遺憾なく発揮した。まあ土地建物と自分の夢を根こそぎ奪われそうになっているのだから、必死になるのは当然か。

おれはおれでマスコミの取材を受けた。あるファックスを受け取った件に関してだ。

「従業員の方ですね？　町役場から送られてきたファックスには何て書いてあった

んですか？」

「ええと、おれが見た記憶では……恭子ちゃん愛してる。認可と融資の件、きっと悪いようにはしないから大船に乗った気でいてね、羞恥責めプレイまたやろうねとか。その下に、なんつうか……ヤバい写真も」

「えっ？　どんな写真ですか」

女性リポーターは目を輝かせて食いついてきた。

その画像は、時をおかずしてネットにあがった。某県のデリヘル「肉食美女」で、颯跋町の町長とセクシーランジェリーを身につけた恭子さんが密着して写った、ツーショット写真だ。

颯跋町長が「地方自治体町おこし会議」に参加するためにこの地を訪れていた日時と、写真が撮られた日時がほぼ一致することも明らかになった。デジカメで撮ると日時のデータが、写真自体に正確に残ってしまうのだ。

「二人はこの風俗店で知り合って逢瀬《おうせ》を重ね、愛欲の舞台はこの颯跋町に移った……それが真相のようです」

そして画面からは硬い報道番組にあるまじき、恭子さんと町長の生々しい音声が流れた。

『きっ気持ちよくなんかないわ……もしも、これでイッてしまうようなことがあったら……あっあたしはカフェの開業を諦めるから！』

ネットには町長と恭子さんのヤバい画像が何枚も、しかも週替わりで新たに流された。

それからはもう、マスコミと町議会を舞台にした壮大なパイ投げ合戦になってしまった。

颯跋町長が恭子さんとの関係を否定して「私はストーキングされていた！」と言い張ると、恭子さんも激怒して「認可と融資目当てでなければ、何が悲しくてあんなチンケなおっさんと寝なくちゃいけないワケ？」と百条委員会の席で応酬した。

それに、と彼女は重大な証言をした。

「真実を包み隠さず申し上げます。町長は頭髪を偽造していたんです！　そのような隠蔽を行う人物なのです！」

恭子さんは、颯跋建設と、颯跋建設から紹介された悪徳建築士「わるだくみ」がカフェの土地建物を奪おうと画策しているのだと主張を重ねた。そして証言の最後に黒田の指示どおり、建設業者の悪事について暴露することを予告した。程なくして重大な音声がネットに流れた。

『あのゴミはよそから運んできてぶちまけたものだってこと、私、見てるんだからね。それをちょっとでも私が喋ったらどうなると思う？　それがイヤだったら、さっさとカフェの差し押さえを外しな！』

『いや、それは困るよ、あんた。私らを甘く見ないほうがいいよ。この業界、裏社会ともいろいろ繋がりがあるんだからね。産廃と一緒に埋められたいの？』

恭子さんはああ見えて用心深いので、町長とのナニの時の音声だけでなく、業者との電話のやりとりも、密かに録音していたのだ。

この音声が元で恭子さんが産廃業者に殺されそうになったのをおれたちがどうやって救ったのか、詳しく説明しても信じて貰えそうもないだろうから、残念だが割愛する。

それはともかく、カフェにまつわる夥しい悪事が暴かれ、その火の粉はついに中央政界にまで飛び火し、大炎上するに至った。

「えー私は問題のレストラン『シェ・モモンジ』ですか？　特区の視察を兼ねてそこに行っただけなのであります。野党のみなさんはいつもいつも、さんざん私を貶めようとして、これはもうひとつのですね、いわば一線を越えたと言うしかないわけでありまして……不愉快です。このような印象操作、印象操作やレッテル貼りがですね、行われる中においてですね、もしも、もしもですよ、私がこれに関与していたということであれば、私はこの職を辞しますよ！」

この一言で野党にスイッチが入ってしまった。いわゆる「ももんじスキャンダル」で国会は空転、すべての法案が放り出され、野党は政権打倒に狂奔して大ドタバタが展開された。世に謂う「ももんじ国会」である。

テレビの国会中継を見ていた黒田は呆れたように言った。

「これは野党がアカン。日光いろは坂の猿みたようなもんや。辞めたる、いうエサを投げられて、もうそれしか見えんようになっとる。こんなことばかりしとったら、有権者から駆除されてまうで」

「これはフランス革命の遠因となった首飾り事件のようなものかもしれませんね」

博学なじゅん子さんも言った。

「マリー・アントワネットは名前を利用されただけで、スキャンダルに関与はしていなかったんです。けれどもそれが歴史の大激変に結びついてしまう……そういうことも、ままあるわけで」

しばらくのちに、カフェは無事営業を始めたが、瞬くうちに「世界屈指の不味《まず》いメシを出すオシャレなカフェ」として世界的に有名になり、物好きが集まる名所になったことは、また別の話だ。

第五話　サツバツ町サイバーアタック

「おれ、ホントはお前のこと、すごく好きだったんだよ」

「はぁ？　アンタ何言ってるの？　バカじゃないの？　あたし、アンタにされたこと忘れてないからね！」

「だからさあそれは……好きだったからいじめてたんじゃないか。小学生の時の話だろ。あれはおれなりの愛情の表現っつうか」

　おれは、たまたま通りがかった建物の前で揉めている男女に目を止めた。若い男女の痴話喧嘩《ちわげんか》……というわけではない。女性のほうは、かわいらしい美人だが、まあ二十代後半にはなっているだろう。男のほうは……どうみてもおっさんだ。しかも顔に知性が一切感じられない粗暴な感じのデブ……しかも見覚えがある……と思ったところで思いだした。こいつは、おれたちのご近所さんである郷田《ごうだ》家の息子だった。名字と体格とその性格から、この町ではジャイアンと呼ばれている。そのジヤイアンに美女が激昂している。

「アンタ自分が何言ってるか判ってんの？　あたしに何をしてくれたか都合よく忘れたの？　アンタ、率先してあたしのこと貧乏だとか親なし子だとか臭いとか、さんざん言ってくれたじゃない」

「だからそれは、ガキだったからだよ！　ガキのアタマじゃ、お前が好きだってことを表すのに、そういう事しか思いつかなくて……」

「あっ、そういえば頭から水ぶっかけられたこともあった。どの口でそんなバカみたいな言い訳ができるわけ？　やられた方は一生忘れないんだからね！」

色っぽい痴話喧嘩ではなくタダの罵り合い。しかもそれが颯跋町に一つだけある介護施設「さつばつふれあいの家」の前で繰り広げられているのだ。物凄くミスマッチだ。女性は明らかに嫌がっているのに、老けたジャイアンは身の程知らずのイケイケぶりで、スケベ丸出しのナンパをしているのだ。

「水？　ああ、あの時の。だからあれはお前に水をぶっかけるとブラウスがスケスケになって、おっぱいとか透けちゃってエロいから、それを見たかっただけじゃないかよ。それぐらい普通だろ？」

いやいや全然普通じゃないし。このおっさんがガキの頃は普通だったのかもしれないが……いやいやそんな事を言うと、この町がある北関東全体に失礼になる。

百歩譲って、男としてそういう劣情を催しても普通は実行には移さない。だが脳味噌が脂肪と化したこのおっさんには、まったく理解できないようだ。

「お前の姿を何度オカズにしたことか……まあ、それはさておいても」

さておくな。おれは立ち止まって、この成り行きを見届けずにはいられなくなった。

「……お前んちが貧乏で、お前の親父《おやじ》もおふくろもお前を捨ててこの町から出て行って、お前がバアさんに育てられたことは事実だろ。おれは事実を言っただけだし」

事実を指摘しただけだからイジメとは違う、という理屈らしい。

美女は心底うんざりした様子で後期青年デブ男を押しのけようとした。

「もういいから。そのおばあちゃんにあたしは会いに来たの。あたしが町を出たのは、あんたらに追い出されたようなものだけれど、ずっと面倒を見られなかったから、これからは大事にするのよ」

「だったら、おれの言うことを聞けって」

男は勝ち誇ったようなドヤ顔になった。

「お前のバアちゃんはこの介護施設に入所してて、おれはここの職員なんだぜ？　おれの言ってる意味、判るよな？」

美女が無言でいると、男は苛立ったように言葉を続けた。

「お前がおれに優しくしないと、おれもお前のバアちゃんには、優しくできなくなるかもしれない、って意味なんだけど？」

老けた元いじめっ子が胸を張り、美女はそんな男を冷たい目で見て言った。

「ふ〜ん。じゃあアンタは、あたしのおばあちゃんを人質に取るんだ？　あたしが言うことを聞かないと、おばあちゃんをいたぶるって、そう言うんだね？」

「イヤそんなことは……まあ、そう受け取ってもらっても過言ではないっつうか」

そう言いながら脳脂肪男はにたにたと笑いながら美女の腕を摑もうとした。

「お茶でも飲もうぜ。おれ夜勤明けなんだ。いやそれ以上におれ、ギンギンなんだ。男って、徹夜明けって妙に性欲が強くなる生き物なんだ。お茶を飛ばして今から町外れのモーテルに行こう。お前を、おれの自慢のナニで、ひいひいヨガらせてやるぜ」

小学校のころからお前はこの町のカースト最下位だよな？　おれには逆らえないよな？　とおっさんは畳みかけ、当然のように美女を自分のワゴン車に連れ込もうとした。

「どうせ都会で負け組になって、この町に逃げ帰ってきたんだろ。だったらおれと仲よくしとくのが利口ってもんだぜ？」

美女をワゴン車のドアに押しつけて下卑た笑みを浮かべた男は、無理矢理キスをしようとした。

もちろん美女は嫌がり、必死になっておっさんを突《つ》っ撥《ぱ》ねようとしている。

ここまで見たおれは、さすがに見過ごせなくなった。いやトラブルはマズいっしょ、と思う間もなく身体が自然に動いて、おっさんの肩を叩いてしまったのだ。

「ちょ……おたく、それはないっしょ。この女の人、嫌がってるじゃないっすか！」

「なんだお前？」

おっさんは振り返り、おれの顔をじろじろと見た。

「ああ、お前はウチの近所の、あのロクでもない蕎麦屋に住みついたよそ者一味だな」

おっさんはおれを、壁のしみを見るような目で見た。

「よそ者のくせに、町のことに口を出してんじゃねえよ！」

いきなり肩をどんと突かれて、おれはあっけなく倒れた。後頭部を地面に打ち付け、たった一撃で意識が薄れかけた。

我ながら弱すぎだ。だがそのスキに美女が素早く逃げ出すうしろ姿が見えたので、おれはほっとした。

「人の恋路の邪魔をしやがって。このええカッコしいのよそ者が！」

おれの視界いっぱいにデブおっさんの拳がズームで迫り、目の中に火花が散った。そこでおれは失神してしまったので、幸いなことに、そのあと殴る蹴るの暴行を受けた恐怖や痛みはまったく感じなくて済んだ。

逆に言えば、このおっさんは、完全に意識不明になった無抵抗なおれを、ずだ袋のように好き勝手に叩きのめしたのだ。卑怯陰険の権化だ。


「どうしたの飯倉くん？　道路でお昼寝？」

どれくらい経ったのだろう？　おれを助け起こしてくれたのはあや子さんだった。

おれは道路の真ん中にぶっ倒れていたらしい。

「いくら車が通らない田舎町だからって、危機感なさすぎだよ。それに今、町の信号が全部狂ってるし」

おれを介抱しながらあや子さんが言うところによれば、町中の信号全部が現在、

「すべて青」になっているのだという。

「え、それ、もしかして、すごくヤバいことじゃ」

交差点の信号が全部青で、そこに全速力で突っ込んでくる車が複数台あったとしたら……。

おれはぞっとしたが、あや子さんはあまりピンときていない様子だ。

「そりゃ渋谷《しぶや》のスクランブル交差点とかだったらマジやばいけど、ここ田舎だよ？　それも『ド』がつく。車なんか走ってないし、自転車に乗ってる連中は、そもそも信号なんか見てないし」

そのど田舎も、温泉が湧いたりカジノが出来たりして、短期間で栄枯盛衰を繰り返している。今は元の木阿弥《もくあみ》でド田舎状態だ。

「ほかにもおかしなことはいくつかあって……さっき精米所に行ったら、入れた以上のお米が出てきちゃったんだ。もちろん有り難く貰っちゃったけど」

そう言えば今朝方、近くに住むババア……ではなくておばさんが怒り狂っていたことをおれは思い出した。玄米を二升入れたのに、半分しか出て来なかったと激怒していたのだ。

「それきっと、今朝大声で騒いでいた郷田さんちの分っすよ。返してあげたほうがいいんじゃ……」

そう言いかけたおれは、そのおばさん、いやババアが、おれをボコったデブおっさんの母親であることを思い出した。

「いや、やっぱり返す必要ないっす」

「だよね？　あの感じ悪いババアとは、あたし口も利きたくないし。とにかく行こうよ」

向こう三軒両隣というが、颯跋町に来てからのおれたちのご近所運は恵まれていない。近所と言えるものはおれたちが住み着いているカフェ・ド・長寿庵の他は、わずか二軒。その二軒の住人がとびきりのうるさ型なのだ。一軒は郷田家。介護施設で働く公務員を息子に持つことだけが自慢の、ジャイアン、ことタケシの母親だ。通称ママジャイ。

もう一軒は骨川《ほねかわ》家。ママジャイのママ友だという骨川夫人が、これまた極めつけのイヤな女で、「東京の大学」を出て町役場の事務職に就職した息子（骨川恒雄《つねお》・通称ツネオ）のことを誰彼構わず、エリートだの田舎の出世頭だのと吹聴《ふいちょう》しまくっている。だが息子の出身大学の名前は決して口にしないし、町役場への就職も、豪農である父親のコネであることは、町の全員が知っている。

そこであや子さんが仕入れてきた最新の情報を教えてくれた。

「知ってる？　うちの近所の、あの骨川ってうちの息子。ババアの自慢っぷりからして東大でも出てるのかと思ったら、違うんだって〜。ピーチ学園大学って、知ってる？」

あや子さん情報によれば「名前も聞いたことのないFラン大学」とのことだ。

「ピーチっていう航空会社は知ってるけどさ」

「ピーチ学園って……それ、抜きキャバの店名じゃなくて大学の名前なんすか？　ビーチク学園ってのはあったけど」

「マジらしいの。ギャグだよねこれ」

あや子さんは日頃から近所のババア二人の嫌味やお節介、口うるさい駄目出しに閉口しているので、この二軒に対する評価は非常に辛口だ。

「骨川のほうのババアはあたしがショートパンツ穿《は》いてるのを見て、アナタそんな風俗嬢みたいな格好はちょっと、とか言うんだよ。上品ぶっちゃってまじムカつく。田舎者のくせに。うっせー余計なお世話だババア！　お前こそ、そのダセーPTAスーツをどうにかしろって」

「えっ！　言ったんですかそれ？」

「言わないってば。うちらこの町に潜伏してる立場なんだから」

そこはあたしだって空気を読むよ、とあや子さんは言った。

「近所づきあいは大事だしね。けど、あいつらの息子も、始終あたしに色目を使って、あたしの全身をイヤらしい目つきで舐《な》め回すように見るんだよ。どんな教育をしてるんだろうね？」

いや、どんな教育を受けていようと、あや子さんの巨乳やナマ足を、イヤらしくない視線で見るのは難しい。

だがそのせいで、あや子さんがトレードマークのシースルーブラウスと、ミニスカートやショートパンツを止めてしまったのかと知って、おれは内心、彼らを深く恨んだ。人の視姦を邪魔するものは、馬に蹴られて死んじまえ、なのだ。

「それであや子さん、最近ロングスカートとだぶだぶのブラウスばっかり着てるんすか？」

「そうだよ。こういうファッションも牧歌的でいいんじゃない？　ハイジみたいで。ここ、田舎っていうか、要するに田園なわけだし。あたし農業もやってみようかと思ってるんだ」

これからは農業、とくに田植えが絶対来る、トレンドになる、とあや子さんは力説した。

「セレブの流行になるよ。絣《かすり》柄のカバーオール型のモンペを穿いて、日焼けしないようにボンネットも被るの。ほら、あの赤ちゃんの帽子みたいな可愛いやつ。もちろん作るお米は完全オーガニックで、身体に悪い農薬も、除草剤も一切、使わないの」

農薬も除草剤も使わないのなら、草取りや虫除《むしよ》け作業がとてつもない重労働になるわけだが、あや子さんはそのへんはまったく考えていないようだ。

おれたちが身を寄せている蕎麦屋がオーガニックカフェに転身しようとして見事に失敗した記憶もまだ新しいのだが、おれはそれについても、敢えて何も言わないことにした。

そんなもろもろについて話しながら、おれたちが蕎麦屋に戻ってみると……。

探偵社の経理と実務一切を仕切っているじゅん子さんが、阿修羅のような形相でパソコンに向かっていた。その指は、目にも止まらぬ速さでキーボードの上を走っている。

「どうしたんすか?」

「おかしいのよ。ツイログとツイッターが連動しなくなったの」

「は？　それが何か問題なんすか？」

「困るのよ！　相手の過去ツイを晒し上げてやりたくても検索機能が使えないじゃない！」

それがどうして「困る」ことになるのか、おれにはさっぱり判らない。

「きっとこれは過去ツイを掘り返されると都合の悪い、歴史修正主義者の仕業よ！」

なんて卑怯なのだ、とじゅん子さんは怒り狂っている。

「リンクが張れないってことは文書を破棄することと一緒なのに。事実を葬りたい誰かが暗躍しているのよきっと。あっ！　グーグルの検索までがおかしくなってる！」

じゅん子さんによれば、当然トップに表示されるべき信頼性の高いサイトが一向にヒットせず、出てくるのは嘘ニュースや広告、匿名の掲示板、それにどうでもいいブログばかりなのだという。

「仕方ないいんじゃないっすか？　だってネットなんてどうせタダで読めるもんでしょ？」

「タダじゃないわよ。プロバイダ料金に接続料金、電気代だって払ってるじゃない。たとえばの話、購読している新聞が全面広告とか提灯記事とか嘘ニュースとか、便所の落書きみたいな投書欄ばかりになったら、飯倉くん、そんなの耐えられる？」

「いや、おれそもそも新聞読まないんで、別に……」

あんたに聞いたのが間違いだった、とじゅん子さんは溜息をつき、システムの再インストールをすると言った。

あや子さんはおれたちのやりとりに一切興味なさそうに「暑いね〜、エアコンの温度下げるよ」などと言いながら冷蔵庫から麦茶を出している。そこに我が「ブラックフィールド探偵社」の社長・黒田が奥から顔を出した。

「なんや、じゅん子、どないしたんや？」

「どうやら、私たち、サイバー攻撃を受けているみたいなんです」

じゅん子さんがとんでもないことを言い出したので、おれだけではなく社長もぽかんとしてしまった。

「サイバー攻撃って、どういう意味や？」

「このパソコンだけではなく、このカフェ・ド・長寿庵のインフラすべてが侵入を受けている可能性があります。たとえばウチの敷地から湧き出している温泉の」

湯量と温度が以前のように安定せず、パイプラインでお湯を送っているカジノホテルからクレームが来ることが多くなっている、とじゅん子さんは言った。

「それなのに、配管を点検してもらっても、異常はないというんです。電気も暗くなったり明るくなったりしますよね？」

たしかにホラー映画の演出さながら、照明が突然、息をするようにすっと暗くなっては、また元に戻るということが最近は繰り返されている。

「霊障と違うんかい？　お祓《はら》いでもしてもろたらエエんとちゃうか？　ワシらのような仕事をしているといつ何どき、誰から恨まれてもおかしゅうはないさかいな」

たしかに、ブラックフィールド探偵社として受けた依頼をおれたちが誠実に遂行した結果、不幸になった人たちはいるかもしれない。いや絶対にいるだろう。殺生《せっしょう》だって、やっていないとは言えない。おれは絶対にやっていないけど……黒田社長なら何人かは……。

おそらく、恨んでいる人は確実に存在する。それも、片手ではきかないくらいに……。

「いやしかしやな、『サイバー攻撃』ちゅうもんは、政府とか国家機関とか軍隊とか銀行とか大企業とかの大仰なモンに仕掛けられるもんと違うんか？　わしらみたよな零細な、しかも蕎麦屋に、そんなたいそうなこと……」

「甘い！　社長の認識は甘すぎます！」

あんこに砂糖をかけてメープルシロップをまぶしたくらいに甘いと、じゅん子さんが指摘したいくつかのことは、おれにも心当たりのあることだった。

いわく、水道が突然激しく噴き出したり、逆にほとんど出なくなったりする。常に誰かに見られているような気がする。個人情報がネットに流出しているような気がする。テレビやパソコンが勝手に起動する……。

「たしかに、気持ち悪いっスよね。やっぱり、その、霊障みたいなものでは？」

「そういえばあたし、ここの地下室で寝ている時なんだけど、うめき声みたいなものが聞こえたりすることが最近よくあるんだ。荒い息づかいとか、窓の外に顔が見えたこともあるし」

カフェ・ド・長寿庵には半地下の従業員控え室に、地面とすれすれの高さの窓がある。

「電子レンジも最近、滅茶苦茶に熱くなってヤケドしそうになったり、逆に冷凍パスタを解凍しても半分冷たかったりするよ。そういうのも霊障なの？」

一時オーガニックカフェだったこの元長寿庵には、イタリア直輸入の高価なパスタマシーンもあるのだが、現在は宝の持ち腐れで、パスタと言えば近所のスーパーで半額になった冷食に決まっている。

「中古の電子レンジやから仕方ないワ。それともあや子、お前が解凍時間を間違えているだけとちゃうんか?」

「ああもう駄目ですね。お話になりません。みなさん、大きな誤解をしています! 今現在、ここで起きていることはすべて、操作ミスでも、故障でも霊障でもありません!」

またもじゅん子さんが言い切った。

「サイバー攻撃なのです。何者かがウチの電子レンジの回路に介入して、加熱のプログラムを不正に操作しているのです。イランの核施設の遠心分離機で同じことが起きています」

イラン? 核施設? 遠心分離機?

「イランの核施設とウチの中古の電子レンジに、どないな関係があると?」

黒田社長もおれと同じく、あまりのパワーワードにポカンとしている。だがじゅん子さんにはそれすら目に入らないようだ。

「みんな危機感が無さすぎなんです。いいですか? 今のサイバー空間は第一次大戦前夜と同じ状況だと言われているんですよ? 世界中で侵入や攻撃が起きて、いつ破壊的な大惨事が起きてもおかしくないのです。トルコではパイプラインが爆発炎上してますし、昨年末にウクライナで起きた大停電もサイバー攻撃のせいだと言われています。現にイランの核兵器開発はサイバー攻撃で頓挫したんです。このイランへの攻撃は『二十一世紀のマンハッタン計画』と呼ばれています」

「けどそれはしょせん、『と言われている』っていう噂話でしょ？」

おれにしてみれば、そんなこと言われてもリアリティがなさ過ぎるのだ。

「ぜーんぶ遠い国で起こってることで、おれたちとはカンケーのない話じゃないっすか。心配しすぎっすよ、じゅん子さんは。仕事のしすぎで疲れているだけなんじゃ？」

「せやな。ほんまに、疲れすぎやで」

黒田もおれに同意した。明らかにじゅん子さんに気を遣いながら、ではあるが。

「じゅん子。お前が心配してくれとるンは、よう判るが、ここは飯倉の言うとおりや。このボケカスアホンダラも、たまには賢いことを言いよる。今日はもう仕事は仕舞いにして、ゆっくり休んだらエエ」

「いえ、そんなことは言っていられません。ここがサイバー攻撃を受けているのなら、一刻も早く対策を取らないと」

「でも……おかしいじゃないっすか。なんでおれたちがそんな攻撃を受けるんすか？」

「それは……」

じゅん子さんは何かを言いかけて口ごもった。だが、意を決したように告白した。

「ハッキリ言って、攻撃を受ける理由は『ある』んです。そして、それがどこからの攻撃であるかも、実は私には判っています。私たちが東京からここまで逃げてくるしかなかった理由とも、それは関係があって……今はそれしか言えない。ごめんなさい」

じゅん子さんは思い詰めた様子で唇を噛んだ。その表情は……たとえて言えば、大変なミスをしでかして、それが重大すぎて打ち明けるに打ち明けられない窮地に追い詰められた、とでも言うべきか、そんな苦悩に満ちている。

「どういう意味や？　秋葉原の事務所を襲撃した外道に心当たりがある、お前はそう言うのんか？」

黒田の目つきが鋭くなった。襲撃した連中が何者か、相手によってはタダではおかないという気迫が感じられる。

だが、じゅん子さんは弱々しく言った。

「彼らは……とても……普通に太刀打《たちう》ちできる相手ではないんです。もしも、私が恨みを買ってしまった相手が、私の考えているとおりの組織ならば……」

「せやからその物凄い組織たら言うんは何処やねん？　なんでワシらが恨みを買うんや？」

「それは……」

じゅん子さんは説明しかけて黙ってしまった。沈着冷静なじゅん子さんが、ひどく動揺している。それはとても異様な光景だ。

おれはひどく悪い予感がした。じゅん子さんにはムダに正義感の強い癖《へき》がある。しかも趣味はネット書き込みだけだ。鋭い視線をキッと画面に据えて、もの凄い速さでキーボードを打っているところを、おれはこれまでに何度も目撃している。それも嬉々として。

たまたま席を立った時、開きっぱなしになっていた画面を見たら英語だったこともある。そこには見覚えのあるというか、たぶん世界中の人間が顔と名前を知っている、さる超大国の最高権力者の画像があった……。

もしかして……じゅん子さんがネットで滅茶苦茶に批判して怒らせ、結果、恨みを買うことになったというその相手とは……まさかその、核のボタンを持つ、世界最高の権力者？　……なんてことはないと思うが。

「とにかく」

じゅん子さんがパソコンをセーフモードで再起動させながら言った。

「もしもサイバー攻撃を受けているのなら、緊急に対策を取る必要があります。町役場やこの町の基幹施設にも注意を喚起しなければ」

「基幹施設って何や？　精米所と無人野菜直売所と農協と道の駅が、どんなサイバー攻撃を受けンねん？」

「精米所ならさっきお米が溢れて止まらなくなったよ」

「そんなもんは有り難く貰ろといたらええねん」

「あと、ガソリンスタンドと郵便局と……」

「そんなもん、サイバー攻撃たらいうのを受けてもたいしたことないやろ？」

「とにかく町役場に行きましょう！」

業を煮やしたじゅん子さんがジャケットを摑むと外に飛び出し、おれたちは慌てて彼女の後を追った。

十五分後、黒田とじゅん子さんとおれたちの三人は町役場の一室にいた。あや子さんは蕎麦屋というかカフェの留守番だ。

『颯跋町ＩＴ化推進対策室』と麗々《れいれい》しく扉に書かれた一室で、デスク越しにおれたちと向かい合っている男は、若いくせに態度が大きい。しかも、いかにも面倒くさそうだ。

「サイバー攻撃？　こんな田舎の町に？　ハッ！　そんな夢みたいなこと……。信号がおかしいっていうけど、そんなのはどうせキミたちの見間違いでしょ。それよりもキミ」

男はおれに向き直った。

「タケシ、いや郷田から聞いたんだけど、キミ、さっきあいつに暴力を振るったんだって？　『さつばつふれあいの家』の前で？」

田舎に似合わない仕立てのいいスーツを着て、霞《かすみ》が関《せき》のエリート官僚気取りのこの男・骨川恒雄ことツネオは、ジャイアンこと郷田タケシの幼馴染《おさななじ》みで、おれたちのご近所さんの嫌味ババア自慢の息子でもある。

「いやいやいや、暴力なんか振るってないっすよ。つか、振るわれたのはおれのほうで」

「町政を預かる人間として一応言っておきたいんだけど」

ツネオはおれの説明など聞く気もないようで、いきなり決めつけた。

「法律は守ってほしいんだよね。判る？　決まりを守るのは日本人として、この颯跋町民として当然のことじゃない？」

「あの……ですから、あなたの、そのお友達にですね、おれはいきなり肩をどん、と突かれて」

地面に倒れたのはおれのほう、と説明しようとしたのに、ツネオは言葉を被せてきた。

「だからキミ、嘘はダメだって言ってるでしょう。ご近所さんだから、あまりこんなことは言いたくないんだけど」

幼馴染みのタケシは自分と違って学歴もなく粗暴で頭も悪いが、介護施設で働いている感心な人間なのだ、とツネオは強く主張した。

「判るでしょ？　キミたちみたいな、東京で何していたか知れたものじゃない根無し草のよそ者とは違うの。郷土を愛する、この土地に根付いた地元民なんだからね」

おれは黒田を見た。こんな失礼なことを言われた以上、元ヤクザだけに「おんどりゃ誰に向かってモノ言うとるんじゃ？　アアッ」とキレるのではないか？　いや、ここは是非、キレてほしい。

だがおれの期待も虚しく、黒田は完全に気配を消し、あらぬ方を見てポーカーフェイスを決め込んでいる。じゅん子さんも、怒りの色は隠せないものの、我慢をしている。

仕方なくおれが言った。

「けど、そういう、片聞きでモノゴトを判断するっつう態度は」

「何か問題でも？　ないに決まってるじゃない」

瞬殺で却下された。

「だいたいだね、キミたちみたいな、この町のカースト最下層の新参者より、幼馴染みの、地元住民の言うことを信じるに決まってるでしょ」

おれはじゅん子さんがおれを見て目で訴えるサインに気がついた。その視線は「だからこれが田舎なの。無駄な抵抗はやめなさい」と言っている。

結局おれたちはさんざん嫌味を言われた揚げ句に、「キミたち住民税払ってないでしょ。住民票も移してないよね？　蒲生さんの知り合いでなければ、あの元蕎麦屋に住んでること自体、ちょっと問題なんだよね。近所からも苦情が出ているし」と訳の判らない非難をされただけの結果に終わってしまった。

さすがにおれも堪忍袋の緒が切れかけたとき。

『対策室』の扉がノックされて扉が開くと、一人の女性が顔を出した。

長いストレートの黒髪。スレンダーな肢体。小づくりで可愛い、小動物系の顔。それは、介護施設の前で郷田タケシに絡まれていた、あの美女だった。

美女はおれを認めると嬉しそうな顔になってペコリと頭を下げた。

「あ、ここにいらしたんですね。役場に入って行くのをお見かけしたので」

美女はなんと、おれを探していたらしい。

「さっきはどうもすみませんでした。お礼も言わずに逃げてしまって。あたしのために、不愉快な思いをなさったでしょう?」

美女にじっと見つめられ、にっこり笑ってお礼を言われたおれは、有頂天になった。

「いやいやいや、あれくらいどってことないっすよ」

「トラブルに巻き込んでしまってごめんなさい。でも、助け船を出していただいて嬉しかったです。どうもありがとう」

美女の持つ力とは凄いものだ。ツネオに馬鹿にされた怒りなど、炎天下に置かれたかき氷のように、一瞬にして跡形もなく消え去ってしまった。

意外だったのは、人を人とも思わないエリート然としたツネオが、呆然と彼女を見つめていたことだ。

だがそんなツネオを完全に無視した彼女は、なおも微笑みながらおれに言った。

「あの人……昔はあたしをいじめていたくせに、付き合おうなんて迫ってきたんです。どういう神経をしているんでしょう」

「あの……それはおたくが、いえ、あなたがとっても」

きれいな人だから、と言いかけておれはどぎまぎして黙った。セクハラなどと誤解されたら、せっかくの正義の味方が台無しだ。

あんぐりと口を開け、おれたちのやり取りを聞いているツネオの額には脂汗が浮かんでいる。さっきまでのエラそうな態度はどこにいった？

ツネオは震える声で美女に言った。

「タケシから聞いたよ。きみが、この町に戻ってきたって。……あの、再会できて嬉しいから、今晩、食事でもどう？　ぼく、自分で言うのもナンだけど、この町役場では将来を嘱望されているホープなんだ。数少ない大卒だし、町議会議員選挙に出ないかって話もあって」

美女がツネオに目を向けた。その瞬間、さながら激怒した大魔神のように、きれいな顔がみるみる嫌悪に歪んだ。美しく整った眉の間に皺を寄せて、美女はいかにも不快そうに吐き捨てた。

「嬉しい？　再会できて？　あたし、あなたにもさんざんいじめられたこと忘れてないからね！　あたしんちが貧乏だっていつもバカにしたでしょ？　臭いって笑ったでしょ？　あんたの友達をいつもいつもけしかけて、あたしのスカートを捲ったり、水をぶっかけたり、下着降ろしたりしたでしょ」

　積年の恨みをぶちまけ出すと止まらなくなったようだ。

「あたしのノートにいつも落書きしたよね？　持ち物もたくさん壊したり隠したり捨てたりしたよね？　プールの授業の時は下着を盗んだよね？」

　ツネオはひとことも言い返せず赤くなったり青くなったりしている。ようやく絞り出すように口にした言葉は、他人のおれたちが聞いてさえ、むかつく言い訳だった。

「だって……ぼくはきみのことが好きだったから。ずっと好きだったんだ。好きすぎて放っておけなかっただけだから。その純粋な気持ち、判ってよ！」

「へえぇ？　あなた、好きな相手にイヤガラセしたり暴力振るったり苦しめたりするわけ？　それがあなたの『好き』ってこと？」

「だって……ママが、いやおふくろが、ボクに、男の子にはそういうのはよくあることよ。好きな女の子ほどいじめてしまうのよねえ。男の子って可愛いものよねえって……」

「黙れ小童《こわっぱ》！」

美女の口から出た言葉と、その地の底から沸き起こるようなドスの利いた低音に、その部屋にいた全員が戦慄した。がるるるるる、という唸《うな》り声が今にも喉元から聞こえそうだ。

それから美女はツネオとその母親を完膚《かんぷ》なきまでに罵った。曰くお前んとこのババアも最低だ、お前以上に気持ち悪い、そうやってロクでもない育て方をするから、お前みたいな、どうしようもない害虫が育つんだ、お前の友達のクソババアも同じだ、と。

「マッ、ママのことを悪く言うな！」

気がつくとツネオが涙目になって地団駄を踏んでいた。

しかしながら、おれも完全に同意見だ。こいつと、その幼馴染みにいつもエロい視線で見られているというあや子さんも、きっと首がもげるほど同意することだろう。

「あれでよくもまあＩＴ化推進対策室長とか名乗れたものね」

帰途、じゅん子さんがいかにも忌々しそうに言った。

「町役場で将来を嘱望されているホープ？　数少ない大卒？　町議会議員選挙に出ないかって話もあって？　……バカじゃないのかしら」

とツネオの口調を真似して吐き捨てる。

結局、じゅん子さんもおれたちも「サイバー攻撃の可能性」を訴えるどころではなくなってしまった。

永年の片思いの相手に見事にフラれ、しかも母親のことまで悪く言われたツネオが狂乱し、美女もますますヒートアップして収拾がつかなくなってしまったからだ。男女の猛烈な罵り合いを、おれたちは為《な》す術《すべ》もなく傍観するしかなかった。

やがて言いたいことを全部吐き出して、ハッと我に返った美女はひどくバツの悪そうな顔になり、おれに謝った。

「すみませんでした。飯倉さんにお礼を言いたかっただけで、邪魔するつもりはなかったんです」

そう言うと、介護施設に祖母の見舞いに行くからと、逃げるように立ち去ってしまった。

残されたツネオも過去の悪行をすべて暴露された結果、振られたショックと恥ずかしさと怒りが全部おれたちにぶつけられることになった。

「帰れ！　帰ってよ！　何もかも、全部、キミたちのせいなんだからね！　二度とここに来るな！　寄生虫のゴクツブシの居候がっ」ひどい言われようだ。

ツネオの、いやこの町の危機管理がいかになっていないかを、じゅん子さんは力説した。

「あの部屋のパソコンを見た？　開きっぱなしでロックもかかっていなかった。画面には町民の戸籍が丸見え。しかも明らかに、もうどこでも使っていないような古いOSを使っていたし……ドアーズXPですって！　まるで侵入して下さい、個人情報でもなんでも持ってってくださいと言わんばかり！」

ありえない、と呆れるじゅん子さんに黒田社長がコメントする。

「つまりそれはキンパツのおねえちゃんが股を開いてベッドの上でヘイカモーン！みたいな開けっぴろげの状態、言うことか？」

「まあ……たとえが適切ではありませんが、ようするにそういうことです」

脱力したのかじゅん子さんは少し冷静になった。

「サイバー攻撃の危険性は、実は日本でももう、喫緊の課題なのに……。アメリカの国家安全保障局が防衛省に遣《や》り方をレクチャーしたことも既に判明しています。

サイバー空間における防御だけではなく『攻撃』も、すでに自衛隊には可能になっているはず」

もしかして？　じゅん子さんは、おれたちを襲撃し、サイバー攻撃とやらを仕掛けてきているのは自衛隊だ、とでも思っているのだろうか？

おれの疑問に気づいたのか、じゅん子さんが慌てたように付け加えた。

「あ、でも去年から、私が攻撃……じゃなくって、自由な時間をほとんど全部使って批判して批判して、批判し倒して怒らせて、結果恨みを買ったのは、日本の組織じゃないですから」

組織？　それも、もしかして外国の？

じゅん子さんを、ということはつまりおれたちを恨み、ターゲットにしているのは、信じられないほど強大なパワーを持つ、海外の組織ってことなのか？　それはやっぱり……？

「まあ、あんたの心配しとることが何かは判らんが」

黒田に相変わらず危機感は無い。おれと違って「某国大統領の画像」が載ったサイトをじゅん子さんが開き、せっせと英文を入力している現場を、まだ見たことがないからだ。それもただならぬ形相で……。

「こんなド田舎で、そのサイバーなんたらに何が出来るねん？　インフラへの攻撃が心配？　この町のガスはみんなプロパンやで？　電気も、ここは太陽光発電特区にも指定されとるから、全部の家の屋根にソーラーパネルがあるワ」

黒田の言によれば、この町にある、およそ機械と名のつくものは、すべてサイバー攻撃などとは無縁のものばかりだ。

「せやからそういうパイプライン爆発とか遠隔操作で破壊されるとか、そういうことは心配せんでエエねん」

「この町のすべての機器にエア・ギャップがある、つまりインターネットとの直接の接続がないことは認めますが」

じゅん子さんはやはり不安そうだ。

「それでもインターネットはやはりこの町にも来ているのですから、物理的な攻撃以外のものも想定する必要があります」

おれたちが蕎麦屋に帰ってくると、中からあや子さんと誰かの激しく言い争う声が聞こえてきた。

「だからあたしは麻生《あそう》ルルなんかじゃないってば！」

「いや、あんたは麻生ルルだ。違うとか言ってもムダだ。おれはあんたのスマホから流出した、ハテナ映像とあんたの契約書を見たし、あんたの恥ずかしい画像もたくさん見て保存してるんだ！」

「ちょっとそれどういうことよ？」

「だからおれはあんたがバナナを咥《くわ》えているイメージ映像や、かなまら祭りで売られているフランクフルトを美味しそうにしゃぶっている動画や、男のアレの形をしたアイスキャンディーをペロペロしているところやら、本物の男のアレをあんたの巨乳に挟んで……いやそんなことより、おれはあんたの露出系の作品が大好きなんだ。あんた、見られることが大好きなんだろ？　だからおれは毎晩、あんたの姿をここの地下室の窓から覗いて」

えーっ！　というあや子さんの悲鳴が響いた。

「マジで？　だったら見られてる気がしたのも、キモい息づかいも、全部あんただったってこと？　あたしを見ながらイヤらしいことしてたんでしょう？」

「当たり前だ。おれはあんたの姿を見ながら何度も抜いて」

男が言い終わるのを待たず、黒田が蕎麦屋の扉をがらがらっと開けて突入した。

「コラお前！　ようもあや子をおかずにしてくれたな？　しかもタダで」

　そこかよ、とおれが内心突っ込む間もなく黒田は若いストーカーというか、変態の覗き魔を誰何《すいか》した。

「お前、何モンや？」

「ナニモノって……だからおれは……この人のファンってだけの……あのその」

　知らない若い男はヤクザそのものの黒田を前にして、激しく怯えている。

　黒田もここぞとばかりに怒鳴りつける。

「ええか、よう聞け。ワシらも事は大きくしとうないねん。お前の名刺と身分証明書だけで勘弁したる。ホンマやったら近くの山に埋めるか、貯水池に沈めるか、焼却炉で灰にしてしまうところやけどな」

　男は財布の中身を全部自発的に差し出し、スマホのデータも自分から消去すると、リュックを置いたまま、転がるように逃げて行った。

　リュックの中身を改めていたあや子さんが驚きの声をあげた。

「これ全部あたしの……じゃなかった、麻生ルルのＡＶじゃん？　しかも海賊版だよ？　違法コピーだよ？　どういうこと？」

「お前の……ってちゃうわ。麻生ルルのＡＶはワシが手を回して全部市場から回収させたはずなのに、なんでや？」

全部回収なんてそんなことが可能だったのだろうか……？　いや、黒田なら出来ないことはないかも……と半信半疑なおれをよそに、さすがに社長も、ブラックフィールド探偵社・北関東出張所ともいうべきこの蕎麦屋に異変が起きつつあることに、ようやく気づいたようだ。

「たしかに、いろいろとおかしいワ。これは、じゅん子の言うとおりかも判らんな……」

＊

同じころ。東京都新宿区市谷《いちがや》の、とある建物の一室で、一人の男が上司から叱責を受けていた。

「まだ結果は出ないのか？　フォート・ミードのシギント・シティからは連日報告を求められている。このまま成果が出なければ我が省の面子《メンツ》は丸つぶれだ」

若い部下は直立不動の姿勢で顔を強ばらせている。

「半年前、きみは言ったじゃないか。殺しなどの荒っぽいことをしなくてもいい、二十一世紀のこの時代にあった攻撃をすればよいと。しかもそれはすべて、誰がやったのかさえ、判らないように出来るのだと」

「申し訳ありません。ですがターゲットの自治体はなにぶんにも想定以上に、まったくと言っていいほどＩＴ化が進んでおらず、物理的なサイバー攻撃には限界があるのです。そこをどうか御理解のうえ、もう少し時間をいただきたいのですが」

鍛え抜かれた身体で椅子にもたれている上司も、まだ三十代と思われる、細身で頬の削《そ》げたその部下も、どちらも軍服らしきものに身を包んでいる。

「あと二週間。それが限度だ。メリーランド州の連中は以下のように言っている。『ホワイトハウスへの攻撃が、アキハバラに引き続き日本国内のある自治体から半年以上にわたり、執拗《しつよう》に発信されている。同盟国でありながらそれは許されない。可及的速やかに最大限の善処を求める』とな。要するに、とっととなんとかしろ、ということだ。先方の苛立ちを、お前は理解しているか？」

いかにも切れ者という印象の若い男は答えた。

「はっ。充分に理解しております。恐れ多くも大恩ある同盟国の元首に対し、敬意が皆無の攻撃をしかける、しかもそれを半年の永きに亘《わた》り続行するなど、我が国安全保障の観点からしても言語道断、決して許されることではありません」

若いほうの男はそこで言葉を切り、懐から一綴《ひとつづ》りの書類を出して、上司の目の前の卓上に置いた。

「ここに立案した作戦計画があります。すでに官邸にも話は通してあります。まずは当該自治体を特区に指定し、IT化を一気に推し進め、然《しか》るのちに作戦を実行に移したいと考えています」

書類の表紙には「極秘」のスタンプが押され、「作戦名・岩戸《いわと》隠れ」というタイトルがついている。

「作戦名は天照大神《あまてらすおおみかみ》が岩戸に隠れ、すべての光が失われたという故事から取ったものです。NSA直伝のハッキング技術で電力そのほかを奪い、当該自治体のインフラや産業、行政すべてを麻痺させて、『危険分子』の資金を枯渇させることを目的としています」

そう言って、若い男は胸を張った。

「現地にはすでに工作員を潜入させ、さらにボストン・ダイナミクス社からも作戦用の機器複数を借り受ける手筈も整っています。例の四脚歩行ロボット『スポットミニ』をさらに小型化し、毛皮様の被覆を装着したものです。外観が非常に愛らしく、一切の警戒心を惹起《じゃっき》することなく敵地に潜入し、情報収集に当たることが可能です。さらに別の企業よりアシスト用パワードスーツの供与も手配しました。こちらは当該自治体の介護施設に配備する予定です。また宅配用、農薬散布用のドローンも多数準備しました」

当該自治体がＩＴ化推進戦略特区に指定され、生活のすみずみまでＩＴ機器が浸透し、すべてがインターネットに繋がった暁には……と若い男は昂揚した表情で語った。

「我が岩戸隠れ作戦は凄まじい威力を発揮することになります。同盟国との絆《きずな》を危うくする危険分子を恐怖のずんどこ、いやどん底に叩き落とすことができます！」

若い男の目には取り憑かれたような光があり、口角も上がって、喜びの表情を隠せない。

「その効果はさながら地獄の様相を呈するのであります。公共交通機関のダイヤは消失してすべてが麻痺し、ホームや乗り場には人が溢れ、信号が機能を失ったあらゆる交差点で車両が衝突し爆発炎上して死傷者多数。ガス水道電気のインフラは無期限に停止し文化的生活の維持は困難。家庭にある電化製品はことごとく暴走して冬なら凍死夏なら灼熱《しゃくねつ》、ご飯も炊けずパンも焼けずＩＨコンロも使えずお湯も出ず、空中を勝手に飛び交うドローンから農薬の代わりに催涙ガスを撒《ま》くことさえ可能になるのです！」

若い男はけけけと笑いながら阿鼻叫喚のありさまを見てきたように喋りまくった。

「しかし……そんなにうまく行くのかね？　当該自治体は、はっきり言って過疎地帯なのだろう？」

上官は部下のあまりの歓喜の表情に、明らかに引きつつも懐疑の念を表明した。

だが、部下は力強く請け合った。

「お任せください。御懸念《けねん》の如く標的自治体が人口の稠密《ちゅうみつ》さを欠くために、物理的な作戦の遂行に齟齬《そご》を来したとしても、我々には二の矢、三の矢があります。すなわち情報戦と心理戦です。人口が少なく規模も小さく、成員が固定している自治体には、これが絶大な効果をあげるのであります！」

＊

その翌日。

黒田は「ちょっとカジノホテルに行ってくるわ。この町がまた別の戦略特区に指定されたみたいやねん」と言って、じゅん子さんと一緒に出かけようとした。新たな特区についての説明会があるのだという。

「え？　また戦略特区っすか？」

おれは驚いた。いくらこの町の町長に中央政界との「太いパイプ」があるといっても、あまりに特区に指定されすぎだ。しかもこれまでのところ、ほぼ何ひとつ、うまく行っていない。カジノ特区に町おこし戦略特区……今度はＩＴ化推進戦略特区に指定されたらしいのだが、大丈夫なのか？

「あたしも行く」

珍しくあや子さんも同行を希望した。どうしたのだろう？　あや子さんはＩＴになんか一切、興味がない筈なのに。

「とっても可愛い猫型ロボットが配られるんだって。家庭用の移動型人工知能端末で、話しかけると目が光って、何でもしてくれるらしいよ」

「はぁ……ドラえもんっすか？」

「言うと思った。そうじゃなくて、グーグルホームの、移動型みたいなものなの」

「モノのインターネット、つまりＩｏＴを統括する端末ですね」

あや子さんから引き取って、じゅん子さんが説明する。出かけるというので、それまでひとつに結んでいたロングヘアをほどき、ブラシをかけている。ストレートのつややかな黒髪がキレイだ。あや子さんもワクワクした様子でつけ加えた。

「そうだよ。音楽や動画をテレビに転送して再生してくれたり、お願いするだけで代わりに電話をかけてタクシーを呼んでくれたり、出前を頼んでくれたり、エアコンの温度を変えてくれたり……家中の家電とつながって、いろいろなことをしてくれるんだって」

「ジジババは、自分でやる方がボケ予防になるんと違うんか？」

黒田が混ぜっ返した。

「それになんで猫型やねん？　歩く必要なんかどこにもないやろが？」

「移動型にしたのは……非常に高価な機器なので、近隣の数世帯で共有することを前提にしているのでしょう」

じゅん子さんが解説し、あや子さんも楽しそうに言った。

「猫はいつも眠っているようでいて七軒歩くっていうものねえ」

じゅん子さんがブラッシングを終え、あや子さんも絣のモンペと白いブラウスをよそ行きに着替えてくるといって地下室に下りていった。

「あや子も行くっちゅうことは、残って店番をするのは飯倉、お前やな」

全員が説明会に出かけ、おれは一人になったが、内装はお洒落でも出すものはインスタントに毛の生えたような蕎麦しかないカフェ・ド・長寿庵に、客が来るはずもない。

手持ち無沙汰におれが座っていると、表の戸が、からーんとカウベルの音を立てて開いた。

「ごめんください。あの、お店開いてます？」

やってきたのは昨日、町役場におれを探しにきた美女だった。

彼女はおれを見てぱっと顔を輝かせた。

「お会いできてよかった！　昨日、お礼をしようと思って町役場に行ったのに、あんなことになってしまって……これ、お口に合わないかもしれませんけど」

美女が手にした風呂敷を開けると重箱が現れた。中には高級料亭のお花見弁当のような、和洋中のご馳走《ちそう》が詰め込まれていた。

「ここからちょっと離れたところに一軒家があるでしょう？」

半年前まで、ピリピニア人の女子高生が一人で暮らしていた家だ。

「今、そこに住んでいるんです。この町の介護施設におばあちゃん……いえ、祖母が入所しているので、通って少しでも面倒を見たいと思って、私はこの町に戻ってきたんです」

美女は取り分け用の小皿と箸をならべて「どうぞ」とおれに微笑みかけた。

「えっ？　いいんすか？　では、遠慮なく」

和風の煮物は美味しいが、味が濃い。中華の麻婆豆腐《マーボーどうふ》も美味しいけれど、かなり辛い。チキンのグラタンも濃厚で美味しいが、バターの風味がどんときた。

つまり、すべてがビールのつまみのような濃厚な味付けなのだ。おれは喉が渇いた。

冷蔵庫からウーロン茶を出そうとすると、美女が持参の魔法瓶から、色鮮やかな液体をグラスに注《つ》いだ。どう見てもカクテルだ。

「どうぞ。アルコール控えめですから」

おれは、言われるままに口にした。

「お味はどうですか？　あたしカクテルを作るのが趣味で、お料理に合って、時間が経っても味が落ちないものを用意したんですけど」

赤と緑と青が層を作って混ざらない色合いのカクテルは、キツいリキュールがベースらしく、飲むとアルコール分とジュースなどの味がジンと来る。まさに、大人の味だ。

「美味しいです……後を引いちゃいます」

「どんどん召し上がれ」

おれは、勧められるままに魔法瓶の中身をほとんど飲み干してしまった。

すると……全身、とくにお腹のあたり、いやハッキリ言ってモロに股間がどんどん熱くなってきたので、おれは狼狽《うろた》えた。

彼女はと言えば、潤んだ瞳でおれをじっと見つめてくるではないか。いつの間にか彼女に手をとられ、愛《いと》おしそうに撫でられていた。

「あの……あたしみたいな女はタイプじゃないですか？」

「トンでもない！　タイプもタイプ、超タイプっつうか……ストライクゾーン、ど真ん中っすよ！」

「嬉しい！」

美女がおれに抱きついてきた。

おれの全身が良い匂いにふわりと包まれ、柔らかいカラダが、ぴたりとおれに密着してくる。

気がつくと、おれは美女の両手に頬を挟まれていた。おれの口に彼女の唇が接近して、合わさって……あろうことか、美女の柔らかい舌がおれの舌と絡みあった。

「助けていただいて、本当に嬉しかったんです」

耳元で熱く囁かれて目をあけると、彼女の澄んだ瞳が間近に迫って、おれの目を覗き込んでいる。おれはまさに五感のすべてを使って、美女の全身を感じていた。

我ながらこの幸運が信じられない。たしかにおれはこの探偵社で働く、いやタダ働きをさせられるようになってから、いろいろと美味しい目には遭ってきた。だが、今回のこれはとびきりだ。まさに「ものが違う」というやつだ。黒田が知ったらハニートラップと言うだろう。美女持参のご馳走には中華が多かったから、中国のハニートラップか？

いやいやしかし、中国がこんな田舎町の、それも倒産寸前の、零細ブラック企業の見本のような、我がブラックフィールド探偵社をターゲットにする理由がない。

ということは……。

そうだ。おれはモテているのだ。おれにもついに、モテ期が到来したのだ！　これはもう間違いない！

有頂天になるあまり、おれは美女が話しかけていることにしばらく気がつかなかった。

「あの、聞いてます？　あたし、ひとつ……お願いがあるんです。とても……恥ずかしいお願いなのですけれど」

彼女は耳まで真っ赤になり、恥じらいながら小声で言った。

「いいっすよ！　どんなことでも……いや、おれに出来ることなら、っていう意味っすけど」

　自信のなさからセコく保留をつけてしまうおれ。

「ホントですか？　うれしい！」

　美女は再びおれに抱きついて、耳元で囁いた。

「あたし……じつはS、それもドSなんです」

「ええっ!?」

　これぞまさしく天国から地獄というやつだ。Sのおねえさんに責められたことは一度あるけれど……あれは、思い出したいような、思い出したくないような……すごく気持ち良かったことだけは強烈に覚えているのだが、正直、またあれを経験したいとは思わない。

　だが、そんなおれの気持ちを知ってか知らずか美女は、さながらドアの隙間に爪先を突っ込んだ新聞勧誘員のようにグイグイ来た。

「だから……飯倉さんのこと、そこの椅子に縛らせてほしいんです」

　そう言い終わらないうちに、どこから取り出したのか、もうロープを手にしていた。

あれよあれよという間におれは、蕎麦屋改めカフェの椅子に縛りつけられてしまった。えらく手際がいい、というより良すぎる。やっぱりこの美女はタダ者ではない、と気がついた時には遅かった。

「これから尋問ごっこをしましょう。とても苦しくて、でもMのヒトには、とっても気持ちのいい尋問よ」

「じ、尋問？　お、おれは何にも知らないっすよ！」

やっぱりこういうコトだったのか。美味い話には裏がある。今まで何度も苦渋を味わってきたはずなのに、おれってヤツにはまったく進歩というものがない。

彼女がまたキスをして、おれの口の中に液体が流れ込んだ。何かを口移しされたのだ。まったくバカなことに、愚かなおれは、その液体を素直にごっくんと飲み込んでしまった。

「今のはスコポラミンを改良した強力な自白剤なのよ。あなたは知ってることをなんでも話してしまうのよ」

美人工作員は探偵社の面々と、その思想傾向について探りを入れてきた。

「そもそも、あなたたちはどういう目的でこの街にいるの？　この、流行ってそうもない蕎麦屋は何かのカモフラージュ？　どういう破壊的意図があるの？」

「破壊的意図？　そっそんなものないっすよ！　この蕎麦屋だって、空き家を頼み込んで借りただけで……その、隠れ家として」

「ほら！　隠れ家！　出た出た！　それ、どういうことよ？　あなた方は何から逃げてるの？」

彼女は勃起したおれのナニをズボンから取り出してニギニギして、時には屈み込み、先端に舌を這わせながら尋問を続けた。

「それは……東京の事務所が突然、攻撃を受けて……このままだと危ないということで」

「攻撃を？　誰から？」

「それが判れば苦労してないっす。未《いま》だに、どこからの攻撃か判らないんすよ」

彼女はギンギンにボッキしたおれのナニに、上から跨るような格好で腰を落とし、自分の中に挿入してしまった。対面座位だ。まさにミミズ千匹、といった感じの肉ヒダが暴発寸前のおれのナニに、うにうにと絡んでくる。

「どう？　気持ちイイでしょ？　でも、飯倉くん。正直に何もかも話してくれないと、あなたのこれ、あたしのココから抜いてしまうわよ？　いいの？」

美女が腰を浮かせかける。

「あっ……それだけは勘弁してほしいっす」

チョー気持ちイイ責めに耐えかね、おれはほぼすべてをありのままに話してしまった。と言っても、なにが秘密なのかおれには全然判っていないのだが。

「社長は元ヤクザで金融もやってて、うっかり借りたら金利が無茶苦茶で……どうにもならなくなっておれが駆け込んだ探偵事務所の社長が、その闇金の社長だったんす」

「なにそれひどい。運悪すぎ」

「あや子さんは社長のカノジョで……あの巨乳をスケスケブラウスで、いつも見せてくれていたんすけど、あなたを昔イジめたあの外道二人にイヤらしい目で見られて、それで、だぶだぶの透けないブラウスしか着なくなって」

「それはいいの。次」

「じゅん子さんは、ウチの事務所になくてはならない人で……あそこまで仕事が出来るのは、昔、なんか凄いブラック企業で働いていたせいじゃないかって。なんでも食糧を一切持たずに山に入らされて、ヘビをつかまえて食ってサバイバルしたとか……それは動物虐待じゃないかって、おれ思うんすけど」

ここで美女ははっとした表情になった。

「それは……もしかして、あたしが訓練を受けたのと同じ組織かもしれない。ますます怪しいわ」

彼女はなおも情報を聞き出そうとした。

「肝心なところがいまひとつ判らないのよ。あなたたちの思想的背景はバラバラじゃない？　バックの組織はどこなの？　そもそもあなた方は何者？　破壊活動に従事してるのは誰の指示なの？」

「破壊活動？　なんすかそれ」

「とぼけるならこれ、途中でやめるわよ」

美女はおれのナニをうにうにと締めつけ、蠢かせているアソコから、おれのナニを抜き去ってしまおうとした。

「あっ、やめないで！　最後までイカせて」

おれが悲鳴を上げて、あることないことでっち上げて喋ってしまおうとした、その時。

間が悪いことにドタドタと足音が聞こえた。最悪のタイミングで、社長たちが帰って来てしまったのだ。

美女は外の足音を聞きつけるや、電光石火でロープをほどき、その片手間におれのナニを強烈にしごきあげてイカせてしまい、さっとティッシュで後始末しておれに服を着せ、何食わぬ顔で入ってきた黒田たちに挨拶をした。

「お邪魔しています。これ、よろしければ皆さまも召し上がってください」

そう言い残し、例のご馳走の入った重箱を置いて立ち去った。

「昨日のねえちゃんか。義理堅いことや」

おれは、セックス拷問というか、セックス尋問を受けたことを言いそびれた。こういうことを正直に話してよかったことなど、一度もなかったのだから仕方がない。

「ときに、今度の特区はなかなか凄いデ」

黒田は説明会で聞いたことを得意げに喋った。

「ＩＴの恩恵をまるで受けていないこの町を、世界に誇れる最先端タウンにするんやと。その手始めとして、この猫型ロボットが配られたっちゅうわけや」

「これまでＩＴに縁もゆかりも関心もなかった高齢者に、まずは親近感を持ってもらうための、これが最初の一歩なのだそうです」

じゅん子さんが晴れない表情で言う。

「これならジジババもきっとメロメロになるよ。だってこれ、超カワイイじゃん！」

あや子さんは、といえば猫型ロボットを抱きしめて大喜びだ。

「飯倉くんも触ってみてよ」

たしかにロボットの、毛皮そっくりのカバーは非常によくできており、うっとりするような手触りだ。透き通ったつぶらな瞳も本物の猫にそっくりで、とても可愛らしい。

「オッケーグルグルって呼びかけると喉を鳴らすんだよ、ほら」

「命令を受信すると猫みたようにゴロゴロいうか、目が光って反応するんや」

シリコンでできているとおぼしき肉球から、ピンク色の鼻、しなやかなしっぽ、ぴんと立った耳とヒゲにいたるまで、猫好きのハートをワシ掴みにする愛らしさだ。これをデザインしたクリエイターは間違いなく猫好きだろう。

「ここに逃げてくるとき、チャムは預けてくるしかなかったんで、おれもうれしいっす」

チャムとは、おれたちが依頼を受けて誠心誠意調査した結果、崩壊してしまった一家で飼われていたアメリカンショートヘアーだ。

だが、じゅん子さんはひどく不安そうだ。ほとんど嫌悪と言っても良い眼差《まなざ》しで、この愛らしい猫ロボットを睨みつけている。

「この大きな目はカメラを内蔵、ぴんと立った耳はマイクなんですよね？　この機器のまわりでは、大事な話はしないほうが良いと思います」

「おかしいよ、じゅん子さん。こんな可愛い生き物を嫌うなんて」

あや子さんが抗議をした。あや子さんはこのあたりのノラ猫に餌やりをして、そのたびにご近所さん、つまりタケシとツネオの母親たちからネチネチと文句を言われるのだが、それでも絶対に餌やりをやめようとしない。

「それは生き物じゃありません。機器です。もっと言えば監視装置かもしれません」

その時はおれも、じゅん子さんが心配しすぎとしか思えなかったのだが……。

「ＩｏＴ、というかモノのインターネットを推進するなんて、私には頭がおかしくなったとしか思えません。人の心がインターネットでどれだけ荒廃したことか。それをモノの世界にまで広げようとするなんて……心だけではなく、現実の、物理的世界までが荒廃してしまうんですよ！」

始終パソコンに向かって仕事をするか、仕事をしていない時は、必ずどこかのサイトかＳＮＳに書き込みを続けている……つまりインターネットの中で生きているに等しいじゅん子さんが、まさかこんなことを言うなんて。おれは驚いた。

「でも、じゅん子さん、ネット大好きじゃないっすか？」

「好きなんかじゃない。ホントは大嫌い。だけど今ここでやめるわけにはいかないの。迫りくる荒廃とダークネスを追い払うために、カタストロフを少しでも遅らせるために、私は闘っているのよ！」

ほとんど悲壮感すら漂わせて、じゅん子さんは言い切った。なるほどものは言いようだ、としか、その時は思わなかったのだが。

ネットの魔手から地球を守る、正義の戦士さながらのじゅん子さんが眉間にシワを寄せ、嫌悪感もあらわに説明してくれたところによると、この颯跋町ではこれまで、町役場も、インフラも、工場も、病院も、ありとあらゆる組織において、アップデートされていない古いＯＳしか使っていなかったそうだ。

「そこが逆にめざましい成果をあげると期待されて、ＩＴ化推進戦略特区に指定されたわけなのね。すべてのシステムを一気に、それも短期間で入れ替えることによって、颯跋町は、大袈裟ではなく『一夜にして』最先端のサイバータウンに生まれ変わると言うのだけれど……」

町をあげて新たに採用する最新型のＯＳは開発されてまだ間がないという。

「ゼロデイ脆弱性《ぜいじゃくせい》が必ずあります。そこを狙われ攻撃されたら大変なことに」

「だからじゅん子さん、心配しすぎだよ」

あや子さんが猫型自走式移動端末「オッケーｇｒｇｒ」ことグルグルの毛皮状の被覆を愛おしそうに撫でながら言った。

「今日にもＳＥさんたちの大群がこの町にやって来るんだって。たくさんお蕎麦の用意をしなくちゃね。深夜の出前もありえるかも」

こちらはじゅん子さんと違って何も心配していない。

「せやな。一杯千円くらいはボッても大丈夫や。金払うんは親方日の丸やさかい」

黒田も、相変わらず金のことしか考えていない。

*

最初はどうということもない、ちょっとした不都合だった。しかしそれは次第に巨大な渦となり、町中を飲み込んでいった……などと言うと大河ドラマのナレーションのようだが、たしかに始まりは、ただの電気ポットの不具合だったのだ。

颯跋町警察署に、町の外から、それもほとんどが県外から、いきなり大勢の人が押し寄せてきた。

全員が、この町にジジババを残して出て行った家族だ。

「バアさんがお湯を使った形跡がない。電話をしても繋がらない。どういうことだ？」

まず最初に導入された「安否確認の湯沸かしポット」だが、それが突然、まともに動作しなくなった。

年寄りでメールができなくても、毎日電話をかけられなくても、生きていればお茶は飲む。湯沸かしポットを押してお湯を出す。その信号が遠く離れた家族の元に伝えられ、ＩＴ化以来、「生きてる証明」になっていたのだが……。

年寄りたちの身内は、実家で衝撃的な場面に出くわすのが怖さに、町までやって来たのは良いが、安否確認は警察に頼んできたのだ。

そんなこと、警官だって嫌だ。しかし職務だから仕方がない。恐る恐る見に行くと……くだんのババ様は元気に庭の畑でポチを鳴かせていた。

「お茶は飲んどるよ。電話？　鳴らんもの」警官が調べてみると、ポットの「安否確認機能」はなぜか停止していて、多機能電話もなぜか通話が出来ない状態になっていた。

さらに。今まで空き缶に「お金を入れておいてください」と牧歌的だった無人野菜直売所には多機能セルフレジが導入されたのだが、なぜか「お釣り出放題」状態になっていて、現金はすっからかんになっていた。

同様に、カジノのスロットマシンやパチンコからはコインや玉が溢れ出て止まらなくなり、それを聞きつけて集まったスロット狂やパチンカーと店のスタッフとの間で暴力沙汰が発生した。

スーパーはすべてセルフレジ、しかもキャッシュレスになり、ただ精算するだけなのに、やたら複雑なパスワードの設定と認証を要求され、しかもそれは一回間違えると全部無効になり最初からやり直しという鬼畜仕様になった。パスワードを忘れると本人確認のためと称して、音声ガイダンスで「一番好きな体位は？」「体験人数は？」などと質問され、音声入力で回答しなければならないという地獄っぷりに、誰もが買い物を避けるようになり、ネット通販が急伸した。

ドローンが配達するようになった郵便は、農業用水路に大量のハガキや封書が捨てられていたり、町内にサーバーがある「町おこし公社」が運営するプロバイダーのメールがすべて総理官邸に誤配されたり、逆に、政府高官宛てのメールが町民に届いてしまったりという、笑えない事態になってきた。

町立病院で、盲腸の手術中に内視鏡のモニターにエロ画像が映ったりレーザーメスが全く使えなくなったり、バイタルを計る機器のモニターにテレビゲームの「パックマン」が表示され手術を中止せざるを得なくなるなどの混乱も発生していた。

外出する気力も失《う》せたおれたちは蕎麦屋の土間で、思い思いにただ座っていた。

何かの取り扱い説明書らしきものを熟読しているじゅん子さんが溜息混じりに言う。

「パールハーバーまでは行かないけど、キューバ危機くらいにはなっているわね」

「じゅん子は何読んどるんや？」

「介護施設に導入された、介助用アシストスーツのマニュアルです」

全身に装着すると、どんな非力な職員でも、お年寄りを軽々と抱え上げることができるという、パワードスーツだという。

「郷田さんにコピーさせてもらいました」

「じゅん子さん、介護の仕事に転職するんすか？」

あのジャイアンと同じ職場で働くというのだろうか？

「そういうわけではなくて……これ以上何かあった場合、このスーツが一番、危険な存在になると思うので」

その時。扉をカリカリひっかく音と、にゃーんという可愛い声が聞こえた。

「あっ！　グルグルが戻ってきた」

この近所数軒、詳しくは郷田家と骨川家とおれたちとで共有している移動型人工知能端末・オッケーグルグルこと猫型ロボットが巡回してきたのだった。

「どこ行ってたのグルグル？　淋《さみ》しかったよ〜ん」

あや子さんは、駆け寄って扉を開け、ネコロボットを抱き上げた。

しかし……グルグルの口から出たものは、可愛い鳴き声ではなく、ジャイアンの母親のダミ声だった。

あや子さんは驚きのあまり、グルグルを取り落としてしまった。

『つぶれた蕎麦屋のあのスベタ、また野良猫にエサやりしていたんだよ。聞いておくれよタケシ』

続いてタケシの声が再生された。

『やめてくれよ母さん。人の悪口ばかり言わないでくれよ。そのせいでおれは、「あれがお姑さんじゃお嫁さんは一生来ないわね」って言われてるんだから』

『お前までそんなことを……』

タケシの母はいきなり涙声になった。

『どうせそんなことを言っているのはあのお高くとまったツネオのウチのババアだろ？　お前の友達の母親で、しかもご近所さんだから仕方なく仲良くしているけれど、あたしは、あの女、昔から大っ嫌いなんだ。ここだけの話、あの女の亭主にあたしは口説《くど》かれたことがあるんだよ』

『やめろよ。知りたくないよそんな話。それにツネオはおれの友達なんだから、その母ちゃんのことを悪く言わないでくれよ』

だがババアは息子の言うことなどまったく聞いていない。

『あの女の亭主は言ってたよ。あたしの、この巨乳がいいんだって。トリガラみたいなあの女じゃ勃たないって。あげくヒステリーでますます抱く気にならないって』

『やっちまったのかよ？　あいつの親父と！』

ジャイアンの悲鳴がグルグルの口から再生された時には、蕎麦屋にいたおれたち全員も驚きのあまり棒立ちになっていた。

「なんやこれは！」

黒田が叫び、だが、まっさきに衝撃から立ち直ったのはじゅん子さんだった。

「やはり、この猫型ロボットは情報収集機器でした。内蔵マイクで周囲の会話を全部拾い、保存していたのです。たぶんワイファイでどこかの『本部』に送られているのでしょう」

「本部って、どこ？」

ショックのあまり泣きべそをかいたあや子さんが訊いた。

「さあ？　そこまでは……」

じゅん子さんの警告に従って、おれたちは探偵社のバックグラウンドなどヤバい会話は一切していない。おれが、あの美女のセクシー拷問にかかって、少し喋ってしまいはしたが……。

本当に危なかった……と思う間もなく、クソ猫の口からはまた別の音声が再生された。今度は甲高くヒステリックな、聞いているだけで不快になる女性の声だ。

『ツネちゃま、もうあのバカと付き合うのはいい加減にするざます。親も子供も教養がなくて、おまけに貧乏なのは許せないざます』

『ママの言うとおりだよ。アイツは脳味噌が筋肉でできているようなバカだから。でもあんなバカにも利用価値はあるんだよ』

ツネオが並べ立てる幼馴染みへのカゲ口に、おれたちは戦慄した。

母親に向かって、おれの友達の母ちゃんを悪く言うなと言っただけ、粗暴なタケシのほうが、まだマシな人間のようだ。

ツネオのカゲ口は続く。

『アイツはバカだけど便利に使えるんだ。町役場のエリートであるボクに逆らう連中も、アイツにちょっとシメてもらうだけで大人しくなるしね。けど最近、アイツ調子に乗っていて……こないだ町に戻ってきたあの子、彼女と仲良くしてカレシ気取りなのが笑える。あの子はおばあちゃんが介護施設にいるから介護士のあいつにいい顔してるだけなのに。だいたいあの子とボク、もうやっちゃったからね。役場の中の推進対策室に誰もいなかった時に、立ちバックで』

『だめざますよ、ツネちゃま。あんな、都会で何をしていたか判ったものじゃないバイタと……セックスまでは構わないざますけど、結婚なんてとんでもないざます』

ショックだった。あの美女はおれとだけではなく、ツネオとも肉体関係があったのか。この分ではタケシとも……いや、美女の奔放な振るまいから判断するかぎり、おれは町中の男たちときょうだいになっている可能性すらあるのだ……。

呆然としていたおれは、窓をあけたあや子さんの大声ではっと我に返った。

「たいへん大変。グルグルが今しゃべってること、全部放送されてるよ！　防災無線で」

どうもさっきから大きな音が外から聞こえてくるとは思っていたが……なんとい

うことだろう、猫型ロボットが収集した近隣の会話が逐一再生され、防災無線のスピーカーから全町内に向けて発信されているのだ。その昔、噂好きのおばさんを「放送局」と呼びならわしていたらしいが、まさにこれは文字通りの意味において、しかもそこらのおばさんなど比べものにならない破壊力だ。猫型ロボットおそるべし。

「これは見ものやで！」

ワクワクした表情を隠そうともせず黒田が言った。我が社長は、他人のもめごとが何よりも大好きなのだ。

じゅん子さんは蒼白《そうはく》になっている。サイバー攻撃の危惧が現実のものとなった今、取るべき行動を必死に考えているのだろう。

だが、あや子さんの発想は違った。

「グルグルをどこかに隠さないと！　スパイロボットだとバレたら殺処分されちゃう！」

だからそれは生き物ではないと、何度言ったら……。

おれたちはとりあえず蕎麦屋の外に出た。そこでは黒田の期待を上回る阿鼻叫喚が展開していた。町中の人たちが外に出て指をさしあい、互いに非難しあい、罵りあっている。

　すでに取っ組み合いを始めている町民もいる。そのあいだにも防災無線は絶え間なく、町民たちがカゲで叩き合う悪口を、大音量で放送し続けていた。

「このハゲーっ！」

「ちーがーうーだろー！　馬鹿かお前は！」

「頼むから私に恥をかかせるな！」

「そんなつもりじゃなくても～　そんなつもりはなかったんです～ってか？」

「ふざけやがって。この私に向かって口答えする気か！」

「ナニをする気でちゅか～」

「この馬鹿、死ねば？」

　等々、いろんな家のいろんな罵倒を収集して一挙公開し続けているのだ。

　すぐ近所では、それまで仲が良かったはずの二家族の争いが勃発している。

「お前、よくも彼女をレイプしたな！」

「レイプじゃないっ！　立ちバックで彼女もあそこヌレヌレでヨガりまくってたんだ！」

　幼馴染みの仲もこれまでのようだ。

その母親同士の、長いママ友の歴史にも終止符が打たれつつあった。

「あぁた！　よくも宅の主人を誘惑してくれたざますわね？　貧乏なのを気の毒に思って目をかけたのに、飼い犬に手をかまれるとは」

「犬？　ハッ、よく言うよ。犬みたいにサカッてあたしに言い寄ってきたのはあんたの亭主だよ。あたしの巨乳に顔を埋《うず》めてギンギンになっていたんだからね。女房の洗濯板に干しぶどうはもう見る気にもならないって」

「なっ何を言うざますかっ！」

人間であることがイヤになるレベルの罵詈讒謗《ばりざんぼう》が繰り広げられていた。もはやマッドマックスの世界だ。秩序が失われるって恐ろしい……。

四つ巴《どもえ》の争いが口撃で済むはずもなく、母親同士は摑み合い、息子たちの争いは殴り合いに発展してしまった。見渡せば、他の場所で起きているいがみ合いも同じく、殴る蹴るの暴行にエスカレートしている。

そんな隣人不信と暴力が渦巻く、不穏な空気が臨界に達するのを待っていたかのように、ついに、本格的なサイバー攻撃が火を噴いた。

全町内に、Ｊアラートと緊急地震速報が鳴り響いたのだ。

「緊急にお知らせします。この地域に危険が迫っています。他国のミサイル攻撃・

テロリストによる自爆攻撃等、また他国工作員の暗躍にもご注意ください」

ぷぉ～という不気味な不協和音がうねるように高く、また低く響き渡る。その合間にはすでにお馴染みの、いやが上にも恐怖を煽るチャイムの連打。そしてＪアラートのアナウンスってこんなだったっけ？　と首をかしげるような、「迫り来る危機」の羅列。しかもそれがあまりにも単調でゆっくりした棒読みなので、不気味さは募るばかりだ。

が。怯えている間もなく、本物のクライシスがやってきた！

どぉぉぉお～ん！　と地を揺るがす大音響が響き渡ったかと思うと、目の前のアスファルトが盛り上がった。続いて四方八方に地割れが走り、そこから凄まじい勢いで水柱……いや熱湯が噴き上がったのだ。

「配管や！　引き湯の配管がワヤになった！」

不意打ちで熱湯を浴びてしまった人が至るところで「あちち！」とのたうち回っている。

源泉のあるこの店からカジノホテルに引いた温泉パイプラインが破断し、大爆発を起こしたのだ。

「いかん！『ふれあいの家』がヤバイ！」

熱湯が轟きをあげて噴き上がる大惨事を目の当たりにしたタケシが我に帰った。

「施設のお年寄りが危ない。こんなバカな喧嘩をしている場合じゃないぞ！」

こういう時はなまじなエリートよりも現場を知っている人間が正しい判断をする。嘘だと思うのなら『シン・ゴジラ』を観るといい。

「私たちも行きましょう！」

じゅん子さんがタケシに続き、おれたちも「さつばつふれあいの家」に急いだ。

「おれ……クビになるかもしれない」

走りながらタケシが言った。ひどく不安そうだ。

「あの女に訊かれたから、パスワードを教えちゃったんだ。アシストスーツをネットに繫ぐシステムの」

「そういえばボクのパソコンにも……」

ツネオも走りながら言った。

「あの女、USBメモリーを挿してた」

あの女、とはこいつらの幼馴染みの美女のことだろう。

「怪しいじゃないか。あの女がこの町に戻ってきてからだ。おかしな事ばかり起きるのは」

「ぜ、全部おれたちへの復讐なのかよ。そこまで恨まれるほどのことしたか？　おれたち」

「温泉パイプラインが爆発したり防災無線が勝手に放送したりポットやレジがおかしくなったのは、たしかにボクたちへの復讐を超えている。でも復讐ではなく破壊活動かもしれないじゃないか！」

「お前、さすがに大学出てるだけのことはあるな。フーゾクみたいな名前の大学だけどよ」

二人のやりとりを聞いたじゅん子さんが、ひどく険しい顔をしているのはなぜだ？


おれたちが「さつばつふれあいの家」に着いたところで、玄関から出て来た例の美女と鉢合わせした。美女は車椅子に老婆を乗せている。

タケシが叫んだ。

「おい、どこに行く？　それにウチの車椅子を勝手に持ち出すな！」

「うるさいわね！　あたしにはこんな町、もう用はないのよ！」

彼女は駐めてあったワンボックスカーの後部ハッチを開き、車椅子ごと老婆を乗せようとしている。この車で逃げ出そうというのか。

「待ってよ。きみは一体何者なんだ?」

ツネオが追いすがったが、美女に軽く突き飛ばされて腰を打ち、動けなくなってしまった。

「じゃあね! ばか者たち!」

美女は車椅子を車に押し上げながら叫んだ。

だが。

「ふふふ。介護施設を甘く見るなよ! こっちには秘密兵器があるんだ!」

タケシが施設に駆け込み、すぐに異様な機械音とともに戻ってきた。

玄関から姿を現したのは、黄色く塗られたパワードスーツだった。

「どうだ、驚いたか!」

全身にスーツを装着し、二回りほど巨大になっているのはタケシその人だ。

「介助用アシストスーツ! おれの力を数百倍にして出力するから介護で疲れない!」

シュイーン、シュイーンとギアやジョイントが動作する音を響かせながら、巨大なスーツがワンボックスカーの前に回り込んだ。

「待て！　逃がさないぞ！　町を滅茶苦茶にしやがって！」

「待てと言って待つバカはいないわよ！」

運転席から勝ち誇ったように叫び返し、美女がアクセルを踏む。

だが、タケシはパワードスーツの両腕を左右に広げ、美女の乗った車を通せんぼした。

「ツネオとはヤったんだろう？　おれはまだだぞ！」

美女は急ブレーキを踏んだが停《と》まりきれず、大きな音をたててアシストスーツに激突した。

さすがにタケシの負けだろうと思いきや、パワードスーツはびくともせず、逆に美女のワンボックスカーの前が破壊されてベコベコになってしまった。

「このアシストスーツが施設に届いてから、おれは自腹で改造してきたんだ。モーターを強力にして足やアームも板金工場から貰った強度の高い鋼材にしてバッテリーも大容量なモノに代えて……介護には完全にオーバースペックだが、超高性能モビルスーツと呼びたいものに仕上げたのだ！」

車から降りようとしない美女に業を煮やしたタケシは、パワードスーツの威力を発揮して、アームの先端についた蟹《かに》の鋏《はさみ》のようなグラップルを開閉させ、車のボディを引き千切り始めた。

美女の乗った車のボディが、バナナの皮のようにバリバリと剝かれていく……。

が、その時。

おれは異様な光景を目撃して腰が抜けた。

なんと、介護施設にあったアシストスーツが、操縦者不在なのに勝手に動き始めて施設から道路に出現したではないか！　しかも全部で十体も！

ジャイアンの改造型ではないにしても、それなりの性能を持ったアシストスーツは、路上駐車している車を破壊し、電柱を折り、自転車を放り投げ、街路樹を抜きながらこちらに迫ってくる。

「……いけない。完全に暴走してる」じゅん子さんが蒼《あお》い顔でつぶやいた。

その時、車の中から美女が叫んだ。

「もう一体、倉庫にスーツがあるはずよ！　それは汚染されていないの。マルウェアを埋め込んでいないから」

サイバー攻撃の告白であり、同時に助けを求める叫びでもあった。

それを聞くと同時に機敏に動き、施設に駆け込んだのはじゅん子さんだった。

三十秒後、暴走中のものより一回り小さいアシストスーツを装着して、じゅん子さんも路上に現れた。

マニュアルを読んだだけだというのに、まさに手足のようにスーツを自在に操縦し、じゅん子さんは暴走中の機械を、片っ端からなぎ倒し始めた。

後ろから突き飛ばし、あるいは足払いをかけて地面に倒し、腕を摑んでぶん回し、肩を鷲摑みにしては電柱に叩きつける。

そうプログラミングされているのか、倒れたアシストスーツは再び立ち上がらず、そのまま動かなくなった。

「すげー。攻撃をやめた。これがあの有名な……ええと、ナントカ工学の三原則とかいう」

おれは叫んだが、すぐにじゅん子さんに訂正された。

「残念ながら、この手のモノはロボットじゃないのでアシモフの三原則は適用外ね」

そう言いつつ今度は、ラスボスたるタケシの「パワードスーツ改」に向かっていく。

なおも車を破壊し美女を引きずり出そうとするタケシにじゅん子さんは英語で叫んだ。「ゲラウェイフロムハー！　サノバビッチ！」

美女の逃走を阻止したのは正義のためではなく邪念だ。やめさせなければならない。

美女の車を分解するのを止めたタケシが、じゅん子さんに向かってきた。

二台のパワードスーツが正面から激突し、金属音が轟き火花が散った。

タケシのアームの蟹鋏《かにばさみ》がじゅん子さんのアームを掴んで筐体《きょうたい》を持ち上げた。じゅん子さんのスーツは軽量だ。そのまま振り回されて遊動円木のように宙に浮き、水平の状態で回転している。

「食らえ！」

勢いがついたところで蟹鋏の先端が開き、じゅん子さんは吹っ飛んだ。飛翔距離は約百メートル。すさまじい金属音がして、おれは恐怖のあまり目を閉じた。

だがじゅん子さんはへこたれない。恐るべきタフネスでスーツとともに立ち上がった。ダメージもあるだろうに、よろめきつつ、再びジャイアンに挑んでいく。

タケシのスーツには馬鹿力と頑強さがあるが、その分重量が増えて動きが鈍い。勝機があるとしたらそれは機動力……とおれが思った瞬間に、じゅん子さんのスーツがタケシのそれに足払いをかけた。轟音をあげて巨大パワードスーツが転倒する。

起き上がろうとするところに、じゅん子さんが、残骸と化した無人の暴走アシストスーツを次々にグラップルしては投げつける。

「ぎゃっ！」

残骸の一部が、タケシのパワードスーツの頭部を直撃した。

フレームが変形し、操縦していたタケシも脳震盪《のうしんとう》を起こしたものか失神した。

勝負はついた。

＊

一連の混乱の元凶は、某超大国の強い要請を受けた我が国政府だった。

ネットともＩｏＴともおよそ無縁だった颯跋町を攻撃するために、わざわざこの町を「ＩＴ化推進戦略特区」に指定してネット接続の各種機器をばら撒き、普及したところで、潜入していた工作員、つまりこの町出身の美女が、破壊的かつ致命的なマルウェアを植え込んでいたのだ。

「あの女は色恋と枕で町中の男をたぶらかしてはパスワードを盗み、マルウェア入りのＵＳＢメモリーを片っ端からあちこちに挿し込んどったそうや」

黒田が教えてくれた。「颯跋町ＩＴ被害調査委員会」の出した結論を、極秘の会議に潜り込んで聞いてきたのだ。

「せやけど、この結論が表に出ることはあらへん。田舎の町役場が、政府やら、某超大国の批判なんかでけるわけないやろ」

それにしても……と、カフェ・ド・長寿庵のカウンターでマズいインスタントコーヒーを飲みながら黒田は首を傾げた。

「なんで颯跋町やねん？　超大国の情報機関がこの町に目を付けて殲滅《せんめつ》の対象にした理由が判らん。なんでや？」

それはたぶん……じゅん子さんのせいだ。じゅん子さんはネットに、さる超大国の、それも最高権力者の悪口を、日本語と英語で、連日書きまくっていた。それが防諜《ぼうちょう》の網に引っかかり、我々ブラックフィールド探偵社が危険で反体制的な結社だとされて、攻撃の対象になってしまったのだ。最初は秋葉原の事務所が、次はおれたちが落ちのびてきたこの町ぐるみ。そうに決まってる。

結果的にこの颯跋町は甚大な被害を受けた。特区への指定は、またも惨憺たる結末に終わったのだ。

政府も一応、表向きというかタテマエとして、「性急すぎたＩＴ化でご迷惑をかけた」という謝罪の意を表し、特別事態収拾大臣なる人物が町を謝罪に訪れた。しかしこの人物は「政府にはこんなガラクタがいたのか」と驚くほどの「単なる使えないおっさん」だった。

謝罪の言葉を述べはするが、集まった町民から質問されてもトンチンカンでスカタンな事しか言えないのだ。

「問題があったから、こういう事が起きた。だから私が謝罪に来たんです」

「ですから、どういう問題があったと政府は認識しているのか、それを伺ってるんですが」

「問題が多岐に亘るため、詳しくは担当の役人に答えさせます」

「ちょっと！　それじゃ全然答えになってないですよ！　ご自身の見解はどうなんですか？」

いきなりじゅん子さんが立ち上がり、大臣を糾弾したので、おれは心臓がとまりそうになった。たのむから波風を立てないでほしい。

果たして。

「なんだきみは！　失敬だな！　ここから出て行きたまえ！」

お付きの役人に、「この方は今回の大混乱を収めた第一の功労者です」と耳打ちされても大臣の怒りは収まらず、じゅん子さんも一歩も引かずに追及する。

「そもそもこの特区を指定し、決定をくだしたのは誰ですか？　議事録はあるのですか？」

「そんなものはないッ！　文書などとうに破棄した」

「パソコンの中に残っているはずでは？」

「それも全部、自動的に消滅した」

「はぁ？　ミッションインポッシブルですか？」

「貴様、まだ言うか！　このアマが！　女は黙れ！　だいたい女が社会に出ると」

「大臣大臣、それはマズいです！」

お付きの役人が慌てて制止したがすでに遅く、以後目も当てられない女性蔑視発言が続き、しかもその模様が撮影されてネットにあげられて炎上し、謝罪大臣はトカゲのしっぽのように切り捨てられてしまった。

「これはもう、謝り損やったなあ、このおっさん」

人の不幸が大好きな黒田は、『女は黙れ！　大臣罷免』という大きな見出しの新聞を読みながら爆笑している。

「結局、私たちがこの颯跋町に潜伏していたこともバレてしまいました」

じゅん子さんが言った。

「NSAとホワイトハウスに捕捉された以上、我々がここにいる理由もなくなったわけです」

「そやな。これが潮時かもな」

黒田の言葉に、あや子さんは大喜びした。

「やった！　東京に帰れるのね！　そろそろ街が恋しかったのよね！」

黒田もじゅん子さんもあや子さんも、東京に戻るのを喜んでいるが……おれはあんまり嬉しくない。というのも、ここに居ると、田舎の分だけいろいろとユルかった。物価が安い分、超安月給でも使いでがあったのだ。

だけど、東京に戻ったら……またあのシビアな生活が復活する……。

「飯倉、どないしたんや？　浮かん顔やが？」

黒田がおれの顔を覗き込んだ。

「この町が名残り惜しくて……」

「なんやて？　さてはお前、この颯跋町に女でも出来たか？　『七人の侍』の若侍みたいに」

黒田はニヤケた。

「しかし、あの若侍は村に残らんかったな……いや、そんなことはどうでもエエ」

黒田は話題を変えた。

「東京に戻ったら、この町で得た経験を元に新事業を始めたろかと思うとるんやけど、どやろ？」

それは良いですね、とじゅん子さんが同意し、あや子さんも「あたしなんでもやる！」と煽った。

戻りたくないのはおれだけか。鬱になりかけたとき電話が鳴り、それを受けたじゅん子さんが黒田に告げた。

「社長！　今すぐ東京に戻れと、例の筋からの緊急連絡です！」

「ナニ？　それはいかん！　すぐ出発や！」

何がなんだか判らないうちに、おれを含むブラックフィールド探偵社の面々は、荷物をまとめて、まるで夜逃げでもするように、カフェ・ド・長寿庵を後にした。

「夜逃げちゃうで！　今は真っ昼間やから、昼逃げや！」

黒田の陽気でデカい声が、無駄に響き渡った……。

この物語は誰が何と言おうと完全なフィクションであり、
現実との類似は本当に偶然です。（著者）

《参考文献》

安田浩一『ヘイトスピーチ「愛国者」たちの憎悪と暴力』文春新書　二〇一五年
加藤陽子『戦争まで　歴史を決めた交渉と日本の失敗』朝日出版社　二〇一六年
ワシントン・ポスト取材班『トランプ』文藝春秋 二〇一六年
山田敏弘『ゼロデイ 米中露サイバー戦争が世界を破壊する』文藝春秋 二〇一七年
福田敏博『図解入門ビジネス　工場・プラントのサイバー攻撃への対策と課題がよーくわかる本』秀和システム　二〇一五年

《初出》

第一話　与話情憎悪絡繰　　月刊ジェイ・ノベル　二〇一六年十二月号
第二話　颯跋祭　　月刊ジェイ・ノベル　二〇一七年二月号
第三話　任俠カジノ・ロワイヤル　　月刊ジェイ・ノベル　二〇一七年四月号
第四話　ももんじＤＥ　忖度　　Ｗｅｂジェイ・ノベル　二〇一七年五月
第五話　サツバツ町サイバーアタック　　書き下ろし

※第四話は「ももんじスキャンダル」を文庫化の際改題

実業之日本社文庫　最新刊

七尾与史
歯科女探偵
スタッフ全員が女性のデンタルオフィスで働く美人歯科医&衛生士が、日常の謎や殺人事件に挑む。現役医師が描く歯科医療ミステリー。（解説・関根亨）
な41

西村京太郎
十津川警部　八月十四日夜の殺人
十年ごとに起きる「八月十五日の殺人」の真相とは！　謎を解く鍵は終戦記念日にある？　知られざる歴史の闇に十津川警部が挑む！（解説・郷原 宏）
に116

南 英男
特命警部　札束
多摩川河川敷のホームレス殺人の裏で謎の大金が動いていた――事件に隠された陰謀とは!?　覆面刑事が闇に葬られた弱者を弔い巨悪を叩くシリーズ最終巻。

み77

森 詠
遠野魔斬剣　走れ、半兵衛〈四〉
神々や魔物が棲む遠野郷で若い娘が大量失踪。半兵衛と同じ流派の酔剣を遣う天狗が悪行を重ねているらしい。天狗退治のため遠野へ向かった半兵衛の運命は!?

も64

芥川龍之介、谷崎潤一郎ほか／末國善己編
文豪エロティカル
文豪の独創的な表現が、想像力をかきたてる。川端康成、太宰治、坂口安吾など、近代文学の流れを作った十人の文豪によるエロティカル小説集。五感を刺激！

ん42

実業之日本社文庫　好評既刊

草凪優
悪い女
「セックスは最高だが、性格は最低」。不倫、略奪愛、修羅場を愛する女は、やがてトラブルに巻き込まれて――。究極の愛、セックスとは!?（解説・池上冬樹）
く62

草凪優
愚妻
専業主夫とデザイン会社社長の妻。幸せな新婚生活のはずが…。浮気現場の目撃、復讐、壮絶な過去、ひりひりする修羅場の連続。迎える衝撃の結末とは!?

く63

草凪優
欲望狂い咲きストリート
寂れたシャッター商店街が、やくざのたくらみによりピンサロ通りに変わった…。欲と色におぼれる不器用な男と女。センチメンタル人情官能！　著者新境地!!

く64

今野敏
襲撃
なぜ俺はなんども襲われるんだ――!?　人生を一度は放棄した男と捜査一課の刑事が、見えない敵と闘う痛快アクション・ミステリー。（解説・関口苑生）
こ210

沢里裕二
処女刑事　歌舞伎町淫脈
純情美人刑事が歌舞伎町の巨悪に挑む。カラダを張った囮捜査で大ピンチ!!　団鬼六賞作家が描くハードボイルド・エロスの決定版。

さ31

沢里裕二
処女刑事　六本木vs歌舞伎町
現場で快感!?　危険な媚薬を捜査すると、半グレ集団、芸能事務所、大手企業へと事件がつながり、大抗争に！　大人気警察官能小説第2弾！

さ32

実業之日本社文庫　好評既刊

沢里裕二
処女刑事　大阪バイブレーション
急増する外国人売春婦と、謎のペンライト。純情ミニパトガールが事件に巻き込まれる。性活安全課は真実を探り、巨悪に挑む。警察官能小説の大本命！

さ33

沢里裕二
処女刑事　横浜セクシーゾーン
カジノ法案成立により、利権の奪い合いが激しい横浜。性活安全課の真木洋子らは集団売春が行われるという花火大会へ。シリーズ最高のスリルと興奮！

さ34

知念実希人
仮面病棟
拳銃で撃たれた女を連れて、ピエロ男が病院に籠城。怒濤のドンデン返しの連続。一気読み必至の医療サスペンス、文庫書き下ろし！（解説・法月綸太郎）
ち11

知念実希人
時限病棟
目覚めると、ベッドで点滴を受けていた。なぜこんな場所にいるのか？　ピエロからのミッション、ふたつの死の謎…。『仮面病棟』を凌ぐ衝撃、書き下ろし！

ち12

原田マハ
星がひとつほしいとの祈り
時代がどんな暗雲におおわれようとも、あなたという星は輝きつづける――注目の著者が静かな筆致で女性たちの人生を描く、感動の7話。（解説・藤田香織）
は41

原田マハ
総理の夫　First Gentleman
20××年、史上初女性・最年少総理となった相馬凛子。夫・日和に見守られながら、混迷の日本の改革に挑む。痛快&感動の政界エンタメ。（解説・安倍昭恵）
は42

実業之日本社文庫 あ83

悪徳探偵《ブラックたんてい》　忖度《そんたく》したいの

2017年8月15日　初版第1刷発行

著　者　安達《あだち》 瑶《よう》

発行者　岩野裕一
発行所　株式会社実業之日本社
〒153-0044　東京都目黒区大橋 1-5-1
クロスエアタワー8階
電話 [編集]03(6809)0473 [販売]03(6809)0495
ホームページ http://www.j-n.co.jp/
DTP　ラッシュ
印刷所　大日本印刷株式会社
製本所　大日本印刷株式会社

フォーマットデザイン　鈴木正道(Suzuki Design)

ISBN978-4-408-55372-6（第二文芸）